# 倘若我在彼岸

もしも私が、そこにいるならば

[日] 片山恭一 著

张兴 译

青岛文库

# 倘若我在彼岸

もしも私が、そこにいるならば

[日] 片山恭一 著

张兴 译

青岛出版集团 | 青岛出版社

**图书在版编目（CIP）数据**

倘若我在彼岸 /（日）片山恭一著；张兴译. — 青岛：青岛出版社，2022.5
 ISBN 978-7-5552-9020-9

Ⅰ. ①倘… Ⅱ. ①片… ②张… Ⅲ. ①长篇小说 - 日本 - 现代 Ⅳ. ① I313.45

中国版本图书馆CIP数据核字（2020）第042093号

MOSHIMO WATASHI GA, SOKO NI IRUNARABA
by Kyoichi KATAYAMA
© 2007 Kyoichi KATAYAMA
All rights reserved.
Original Japanese edition published by SHOGAKUKAN.
Chinese (in simplified characters) translation rights in China (excluding Hong Kong, Macao and Taiwan) arranged with SHOGAKUKAN through Shanghai Viz Communication Inc.

著作权合同登记号 图字：15-2021-240 号

| | |
|---|---|
| 书　　名 | TANGRUO WO ZAI BI'AN<br>倘若我在彼岸 |
| 著　　者 | ［日］片山恭一 |
| 译　　者 | 张　兴 |
| 出版发行 | 青岛出版社 |
| 社　　址 | 青岛市崂山区海尔路182号 |
| 本社网址 | http://www.qdpub.com |
| 邮购电话 | 0532-68068091 |
| 策　　划 | 杨成舜 |
| 责任编辑 | 杨成舜 |
| 特约编辑 | 初小燕　程镜睿 |
| 封面设计 | 徐　杰 |
| 照　　排 | 青岛新华出版照排有限公司 |
| 印　　刷 | 青岛双星华信印刷有限公司 |
| 出版日期 | 2022年5月第1版　2022年5月第1次印刷 |
| 开　　本 | 32开（710mm×1000mm） |
| 印　　张 | 8.75 |
| 字　　数 | 123千 |
| 印　　数 | 1—4000 |
| 书　　号 | ISBN 978-7-5552-9020-9 |
| 定　　价 | 26.00元 |

编校印装质量、盗版监督服务电话　4006532017　0532-68068050
本书建议陈列类别：日本　文学　畅销

# 译　序

## 爱、生、死

片山恭一,1959年1月5日出生于日本爱媛县宇和岛市,居住在福冈县福冈市。高中毕业后,进入九州大学农学部农政经济专业学习,在九州大学研究生院读完硕士课程之后继续攻读博士学位,中途退学。父亲是宇和岛市政府职员,长期在旅游科工作,兴趣多样。在片山恭一少年时代,父亲经常带着他爬山钓鱼,和大自然亲密接触。片山恭一在高中二年级的时候,曾因疑似得了脑瘤而病倒。就在那时,他阅读了一本讲解《万叶集》的书,据说这是他立志于文学创作的起点。在大学的教养课程有国文学,为了写小论文,他读了夏目漱石的主要作品。放暑假回家的时候,有个在高中教世界史的老师给他推荐野间宏、堀田善卫、埴谷雄高等战后派作家的作品。他在阅读大江健三郎的作品时，发现大江初期的很多作品以日常生活中的故事为题材，于是他觉得自己也可以写小说。本来刚上大学的时候想攻读植物学或生物学，但是在兴趣转到文学上之后，他改变了原来的想法，开始研究农业经济学，这样就可以读与人文相关的书籍了。为了写论文，他开始阅读亚当·斯密、大卫·李嘉图的作品。本科论文写的是马克思，硕士论文写的是恩格斯。在研究马克思的时候，由于马克思早期受黑格尔的影响比较大，他就把欧洲近代哲学作品通读了一遍。1986年，作品《气息》获《文学界》新人奖，但是之后很长一段时间他怀才不遇，直到1995年出版《世界在你不知道的地方运转》单行本。迄今已出版20多部小说，主要著作有《世界在你不知道的地方运转》《别相信约翰·列侬》《在世界中心呼唤爱》《满月之夜白鲸现》《空镜头》《倘若我在彼岸》《雨日的海豚们》《最后盛开的花》《行至船停处》《破碎的光，云的影子》《空遗寂静的鸟儿们》等。最新的作品是2019年出版的《在世界中心呼喊AI》,与人工智能相关。代表作《在世界中心呼唤爱》是日本小说史上最畅销的小说,打破了《挪威的森林》曾保持的单行本销量纪录。

本书中收录的三个短篇,据说日版的出版时间是1996年至1998年。

《倘若我在彼岸》的主人公是一位年轻的女性,是一位钢琴教师。她和妈妈去潜水,妈妈因自动呼吸器发生故障而昏迷,被送入重症监护病房(ICU)。一位陌生男人来看望妈妈,叫了妈妈的名字后,已毫无知觉的妈妈竟然流下了晶莹的泪珠。这一变化让女儿窥见了妈妈不为人知的一面。女儿和爸爸在一家寿司店吃饭的时候,爸爸问女儿"妈妈怎么会溺水的",女儿回答说可能在海底看到了过去的情人。在妈妈的书房里,她发现妈妈的相册里有几张内藤的照片,在一个点心盒里有很多书信。女儿要去见那个人一次,完整地了解一下妈妈。两人相约在一家汉堡店里见面,内藤把他和她妈妈的故事讲给她听。可女儿对妈妈的印象不仅没有清晰起来,反倒越来越混乱了。内藤去德国留学,一直给妈妈写信,但是妈妈为什么和内藤分手,另组家庭?女儿后来又去见内藤,把内藤以前写给妈妈的信还给了他。之后他们又见了一面,内藤把他去留学前和妈妈在一起的故事讲给她听,并把珍藏的她妈妈的几根长发给了她。女儿和爸爸到潜水的地方纪念妈妈。女儿把内藤给她的妈妈的长发抛向大海。

在这部短篇小说中,作者好几次写到内藤陪着腿部有残疾的儿子在外面玩耍。有一次,孩子在爬健身架的时候掉了下来,受了伤被送到医院。

贯穿此小说的关键词主要是"爱""生"和"死"。对于妈妈潜水时发生意外的描写,主人公好像在叙述一个与自己无关的事情,过于冷静。

《鸟不言死》这部短篇作品讲的是30多岁的主人公因肝炎住院的故事。在被诊断为肝炎之前,主人公一直在教一个叫罗伯特的美国人学习剑道,罗伯特学得很费劲。确诊为肝炎后不久,主人公把罗伯特介绍给了他漂亮的女朋友出水。9月份罗伯特突然决定要回美国。出发那一天，主人公和出水两人到机场给他送行。罗伯特走向登机口的时候，出水突然跟他说"再见"，和罗伯特一同姗姗离去。

肝炎时好时坏，后来转氨酶超过五百之后，主人公住院了。负责他的护士叫鲛岛。主人公还养了一只三岁半的公猫——卡尔，住院后让他姐姐照顾。三天后，病房来了一个叫时枝的病人。时枝博学多才，知道量子力学、边缘理论、自由基、活性氧和反式脂肪酸等方面的知识。之前时枝很冷淡，自从知道主人公懂围棋后，两人就成了好朋友，每天都杀一局。主人公原本老输，但是发现时枝只懂棋谱之后，开始不按套路下棋，只要这样，时枝就不行了。

有一天，主人公和时枝下棋，最后输了。时枝告诉主人公他是单身，并简单地讲了他以前的恋爱故事，也谈到了他从20多岁起就在思考死亡的问题。

时枝经过医生的治疗，肝部肿块缩小了。但是，主人公得知，姐姐帮着养的猫——卡尔也长了肿瘤。

时枝恢复得不错,有一次在和主人公杀了盘围棋后,和他谈起自己以前的恋人。他和他的恋人一同服药自杀,但是失败了。恋人伤了肾脏,而时枝的肝病更严重了。后来两人偶然在车站隔着轨道的站台相见。她和她丈夫,还有两个孩子在一起。

主人公出院了,到姐姐家的第二天,卡尔死了。后来主人公去医院复诊,从鲛岛护士那儿得知时枝在主人公出院之后很快就去世了,但是同时也得知时枝有一个长期分居的夫人。

该短篇的题目与主人公住院时在医院里看到一只死鸟有关。主人公看到死鸟的时候,想起时枝的话,对"死"和"爱"进行了思考。

《九月在大海游泳》这部短篇作品讲的是一个喜欢攀岩的国语老师周作的故事。攀岩很危险,他妻子小夜子很担心他。他经常和刘谷两人一起去攀岩,相互做保护员。他家第二个儿子健二郎出生时发生意外,被医生告知可能会出现肢体障碍和智力障碍。对此,周作难以接受。周作在工作时规劝学生要努力向上。有一天,他一个人去攀岩的时候发生意外,幸运的是坠落时被松树挡住。回家后,妻子小夜子连夜把他的与登山有关的东西全部送到她朋友那里寄存了。第二天晚上,他看到健二郎醒了,目不转睛地盯着自己看。他意识到自己和孩子已经建立起了亲情,他要守护这个孩子。一家人去海边游玩,面对大海的无限深邃,周作认识到自己的责任。

这部作品还讲述了他来这个学校第一次当班主任时带的吉村——一个长大后想要参加黑帮的学生的故事。吉村上了高中后退学参加帮派,后又退出,和母亲开了家烤肉店,后来被一个黑帮分子捅了肚子,受伤严重,最终失去了生命。

这部短篇作品的关键词——"登山"和"残疾儿童"也是片山恭一另一部作品《最后盛开的花》的关键词,这部作品是其原型吗?二者有没有什么关系?

与《在世界中心呼唤爱》一样,这三个短篇也都是以"爱、生、死"为主题,虽然主题很沉重,但是作者努力不让故事情节表现得那么沉重。明明是非日常的,却写得很像日常生活。故事好像是真实的,但好像又很虚幻。有死去的人,也有活在世上的人,之间有交集,也有深深的离别愁肠。人生如白驹过隙,转瞬即逝。飞花如梦,似水流年。三个故事每一个都很悲伤,又很美丽。

这本书中的三个短篇故事,都包含有"医院""疾病"等关键词。其中关于疾病和医院风景的描写太过真实,让人怀疑是不是作者的亲身体验,读起来让人产生淡淡的压抑感。片山恭一作品的优点是文章非常易读,让人感觉和阅读村上春树的作品一样流畅;村上的作品则更具有天马行空的特点。村上的用词和内容都很浅显,读起来很轻松;片山的作品虽然用词简单,描写生动具体,但内容不太易懂。

片山恭一2003年曾在一次采访中说:"这个作品集的主人公是二三十岁的成年人。以前我是想写一些质朴的、纯洁的东西,都是以年轻人为主人公来写的。其中也因为我没有工作经验,很难写一些以现实社会为舞台的东西。今后打算稍微提高一下登场人物的年龄,以现实生活中的普通人为主人公。今年出版的《空镜头》也是与以往不同的小说,希望以后能像这本书这样改变登场人物的年龄和故事的切入点,拓宽作品的叙事空间。不过,我认为还是要以恋爱为中心,因为我觉得喜欢上一个人既是一个人的阿尔法($\alpha$,希腊字母的第一个字母,代表开始),也是一个人的欧米伽($\Omega$,希腊字母的最后一个字母,代表结束)。"

张 兴
2020年3月于广州

# 目　录

**译序**　爱、生、死 / 001

倘若我在彼岸 / 001

鸟不言死 / 089

九月在大海游泳 / 171

倘若我在彼岸

# 1

那人突然来到医院。除了爸爸和我,只有近亲才能到重症监护病房(ICU)探视躺在病床上的妈妈。在候诊室里接过他的名片时,我为什么没有拒绝呢?可能是因为他为了能够被允许探视,想和主治医师交涉吧!我竟然把一个自称老朋友但不明来历的人领来探视处于昏迷状态的妈妈!

这个男人给我的印象一点也不好。事先和我们没有任何联系就突然前来要求会面,真是太唐突了!他的名片上写着"英语补习学校的经营者"。身份总让人觉得有点可疑。这个人在我们家从来没有被谈起过,当然妈妈也从来没有提过他的名字。让这样的人来看原则上谢绝探视的患者,无论如何不能不说是欠考虑的行为。

事故造成的冲击确实存在。妈妈处于昏迷状

态，无论是对我，还是对爸爸，都是一件很严重的事情。而且，我本身就和那起事故有不少牵连。看来是他不自觉地利用了这一不安。我不清楚他是否知道事故的详情，但我感到他看我的目光中含着责难和憎恨。另一方面，他要求探视的语气中流露出来的悲痛，从亲属那里也不曾感受过。这个男人和爸爸年龄相仿，头发花白，脸部肌肉松弛，并不是特别有魅力。我不知道他和妈妈有什么关系，但是他的态度里有一种深思熟虑的顽强劲儿。我想大概就是这种顽强劲儿打动了我。

我和他一起走过医院昏暗的走廊。在进入重症监护室之前，我把盖有主治医师印章的探视许可证交给值班护士。穿过一道厚重的大门，就到了病房的外间，我们在此脱下鞋，换上放在这儿备用的拖鞋，用消毒液对手部进行消毒之后，又穿戴上隔离衣帽和口罩。他与我一起做上述事情的时候，神情很奇特。准备好了之后，推开第二道门进入里间。荧光灯泛白的灯光照着宽敞的病房。这个房间没有窗户，全部依靠人工照明，分不清白天黑夜。我们终于走到一张病床前。病床之间摆满了监视器之类的仪器,根本看不到躺在邻床上的人。

我郑重其事地说:"这是我母亲。"

他点了点头,好像很难接受眼前这一切。妈妈双眼半睁半闭,只能看到瞳孔下边。她的脸色苍白,和她那黑褐色的头发形成了鲜明的对比,美丽得甚至让人感到有点神圣。但是,她嘴唇干裂,口中含着塑料护齿。口中的管子与病床旁边方形的人工呼吸机相连,呼吸机发出有规律的咝咝声。她身上盖着白色的床单,只有青筋外露的小臂弯成四十五度露在外面。打点滴的管子插在左手上,另一只管子接入右手的静脉。天花板上的一个小聚光灯发出橘红色的光芒,照着妈妈的脸部和上半身。

他有点迟疑,又完全无视我的存在似的紧紧抓住妈妈的手。他稍稍弯下腰,把脸贴近妈妈的耳边。我无所适从,就去看点滴瓶上的标签。放在脚旁的示波器屏幕闪动着绿色的波纹。这时,他叫了妈妈的名字。我不由得回过头来,看了看他。我第一次听到有人这样叫妈妈。他究竟是什么人呢?我又看了看妈妈,妈妈微睁着的眼睛里泪光闪闪,泪水从眼睑下溢出,在眼角处形成一滴明亮的大泪珠,在聚光灯的照耀下轻轻抖动。

"妈妈!"这次是我在叫。

就在这一瞬间,泪珠顺着妈妈的面颊滑落。泪痕从眼角一直延伸到耳际。我慌忙用隔离衣的袖子给妈妈擦了擦脸,绝对不能让任何人看到!医生,护士,还有这个男人。我回头一看,发现他正局促地站在病床旁边,低着头看着妈妈,就像一个小孩干了一件什么不可饶恕的事情。

## 2

在压力的作用下,海水从潜水服外面紧紧地拥抱着我。我很喜欢这种感觉。每次被大海拥抱的时候,我都会感到一种莫名其妙的安详。这种安详从人与人的拥抱中绝对感觉不到。哪儿都不存在,哪儿又都存在……全身上下的脉搏配合着心跳完美跳动。与海水的拥抱相比,人的拥抱是多么不完美呀!就好像是为了弥补这种不完美,他们才悄悄地说着各种各样的事情。然而,语言是于事无补的。我喜欢大海。我想永远地被那片有真实存在感的冰凉海水拥抱。每次在海水里的时候,我都有一种错觉,就好像自己是一条错生为人的鱼。

还是在上高中的时候,我和父母去了南方的海岛,在那里我学会了潜泳呼吸的基本技巧。我从岸边的白色沙滩奔向大海,透过潜水镜看到遍布海底的珊瑚和在它们之间游来游去的各种各样色彩鲜艳的鱼类。从那时起,我就被潜水运动的魅力深深吸引——静静地在水中等的时候,就会看到向自己游过来的鱼、在图鉴上也不曾见过的奇妙海洋生物和在水面上摇曳的太阳。比这些还要美的,就是深邃的蓝色大海。

上大学后的第一个暑假,我接受了专业的潜水培训,取得了携带自动呼吸潜水器潜水的证书。我取出全部的积蓄,买齐了潜水服、自动呼吸潜水器、潜水手套、潜水包等装备。在那之后的一年内,我多次到冲绳、奄美等地的海里去潜水。一般都是由向导或教练用小船带到潜水点去,但是这里有个问题,带自动呼吸潜水器进行潜水,出于安全上的考虑,不能破坏两人一组的组合。除了从一开始就搭配好了的朋友或恋人组合,其他人就要根据潜水技术的高低在船上临时组合;如果多出一个人,这人就和向导或教练组合。问题是他们之中有些人回到岸上后也不想分开。这也有性格上的问题。有些人在海里过分亲昵,有些人想要以保护者自居,有些人过分自信,这些人我都很讨厌。

妈妈年轻的时候就喜欢游泳,初中时还是游泳比赛的选手,好像在高中和大学时代有过中断。但结婚之后,在育儿和做家务的同时,又开始了游泳,因此在泳技上和体力上都不存在问题。只是对于戴面具和脚蹼游泳,她起初还很有些抵触,但在我极力夸赞阳光灿烂的南国大海的美丽后,逐渐来了兴趣。探家的时候,我马上为她办了参加讲习班的手续。妈妈虽然当时已经年过四十,但由于有游泳基础,所以比十几、二十几岁的年轻女性掌握得还要快。我们母女俩是一对理想的组合。每逢大学放假,我们母女二人就到不同地方的大海游泳。

我不知道妈妈在海里会考虑什么事情。到了海里我们就不分母女了。除了自己身旁有个伙伴在游这种安心感,就不存在人与人之间的感情了。我想妈妈一定也是这样。在大海里我们都是很孤独的,就像是处于原始世界一样。在那里,沉默比语言更重要,存在比运动更重要。大海里有一种神圣的氛围。

当耳膜的压力和海水的压力平衡了之后，我们慢慢向更深的地方潜去。我们集中所有意识，同化到大海之中，与大海融为一体，把自己的一切都交给大海，甚至忘掉自己的呼吸。大海成为我的一切，我成为大海的一部分。自我与大海融合，在大海中发现新的自我。在湛蓝的海水之中，自己就像一块小小的碎片……

我突然往旁边一看，本应在身旁的妈妈却不见了。没想到搭档不在旁边会带来这么大的震撼。我冷静地思考了一下，这是一片没有遮拦的开阔水域，被什么东西缠上或者被什么东西压住的可能性很小，离最后相互确认位置还没有过去多长时间，所以，沉着地在附近找一找，应该就能找到妈妈。然而，一看不到妈妈的身影，我就慌乱了起来，赶紧划水。慌乱之中我把呼吸器弄掉了，不得不赶紧浮出水面。在水面上静下心来之后，我又一次潜入水中，不久就发现妈妈蜷曲在海底，这时我的氧气瓶里剩下的氧气已经不够分给妈妈了。

导致潜水运动发生事故的几个因素，这次是凑在一起了：作为搭档的我技术不熟练，没能够采取适当的措施；妈妈的自动呼吸器发生故障，她用的是事前临时租借的，很有可能是因为使用不习惯而进行了误操作；潜入点的附近潮流湍急；相对于潜水的人数来讲，向导和教练人数过少；或许妈妈本身就缺乏一定会得救、不管如何也要活下去的意志。说不定妈妈在水中比在陆地上更能找到自己。

## 3

手术室亮着红灯,看来是在做紧急手术。从那前面向右转,穿过狭窄的走廊,就是电梯间了。在按了按钮等候电梯的时候,我又重新打量了一下周围的环境。地板和墙壁的颜色都是暗绿色的。医院里的绿色更让人容易联想到的是手术服,而不是绿色的植物。什么东西都有点脏,让人觉得心烦意乱。

一辆担架车推出后,我走进煤气室一样的电梯箱体。靠在电梯箱壁上,我又重新思考那一天的事故。我已经不认为那是一起简单的事故了。把降临在妈妈身上的事情称为"事故",是把事情简单化了。因为蒙受变化的不单单是妈妈的肉体,她周围的人们之间的关系也发生了微妙的变化。我们为了逃避人与人之间的冷淡关系而去海边,又由于大海而产生新的关系。这多么具有讽刺意义啊!

我也知道,那一天从妈妈眼里溢出的泪珠仅仅是一种生理现象,应该不是什么感情上的反应。虽然只是一种单纯的偶然,但是泪珠流出,看起来就像是在那个男人呼唤之下有了反应似的。根据现代医学,妈妈已经不存在任何情感了,正在还原为物质的肉体,麻痹无力、勉强幸存的生命,用专业手段勉强维持、毫不设防的人格……原本是一件十分让人悲伤的事情,但是,一个男人的出现,使这种悲伤的色彩发生了微妙的变化。由于他的出现,我对妈妈的悲伤变得有点儿莫名其妙了。

走出电梯时碰到了爸爸。

"来了?"声音很死板。

"公司没事吗?"

"今天结束得早。"爸爸一边说一边瞧了瞧自己的装束,"妈妈怎么样?"

"好像和昨天没什么两样。"

"是吗?"

爸爸站在昏暗的走廊里呆呆地看着自己脚下。

"去看一下吧!"我这样跟他说。他抬起头来,茫然若失地看了看我。

"今天算了吧!"

"为什么?好不容易来一趟。"

"阿刊看了就行了,我就算了。去不去吃饭?难得一次,可以吧?"

在家里,两个人都很注意地过着和往日一样的生活。就好像如果维持过去那样的生活,总有一天一切都会恢复到原来的那个样子。爸爸每天早晨都穿戴整齐地去公司上班,我上午练一个小时的钢琴,下午开车到教室或者到学生家里转一转。在工作之前或练习结束早的傍晚,我会去一趟医院。回到家里就准备晚饭。等到爸爸从公司回来,两个人开始吃晚饭。洗完餐具,洗过澡,睡觉前就几乎没有什么空余时间了。

"好久没坐阿刊的车了。"爸爸重重地坐在副驾驶的座位上,好奇地打量着车内说,"里面挺窄呀,这个车。"

"去哪里呢?"从医院停车场开出后,我问道。

"我想吃寿司,怎么样?"

"什么都行。"

爸爸简单地告诉我怎么去寿司店。

"这车里不让吸烟吧?"

"原则上是,不过你可以例外。"

"算了,我还是忍耐一下吧!入乡随俗嘛!"

"想起以前学的一句英语谚语,好像是'覆水难收'!"

谈话中断后,车内气氛沉闷,令人感到压抑。我聚精会神地开着车,爸爸发呆地看着车外。

"有人说寿司的味道和地价成正比,"过了一会儿他开口了,"越是郊外就越吃不到好寿司。可我们今天去的这家寿司店例外,是最近才开的一家分店。"

"这个地方很奇怪,每次谈话最后都要谈到不动产上。"

"就是。"爸爸坐在副驾驶位上把憋屈的双脚换了一下位置,"说起来也不光是这个地方的事。"

那家店位于一处几乎看不到饭馆、缺少雅趣的新兴住宅小区。小巧的建筑,院子里的树木看起来像是刚刚栽上去的。推开崭新的门帘,里面传来听起来有些粗犷的豪爽声音:"欢迎光临!"大概是时间尚早,店内没有顾客。我们在柜台前坐下之后,爸爸一边用湿毛巾擦手,一边对厨师说:

"你看着办吧!"

他在寿司店总是这样。

"这时候说干杯有点儿……总之辛苦了!"两个人轻轻地碰了碰杯。

"我和妈妈最后一顿吃的也是寿司,是在岛上的俱乐部会所,上了好多生鱼片,吃不了,我们就请厨师把剩下的都捏成了寿司。"

"是吗?"爸爸简短地回应了一句,目不斜视。

吃到最后,我们两人都笑了:光有鱼片,吃不下去的时候,捏成寿司就能吃下去,真是不可思议。第二天早晨,在第一次潜水中妈妈就溺水了。我想:水深不到十米,我们总是选择不太深的地方潜水,一般都是潜到不到十米深的珊瑚礁。即使潜得比较深,也几乎没有超过二十米。

"妈妈怎么就溺水了呢?"喝完啤酒后一个人

在喝日本酒的爸爸就像是突然想到似的问道。

因为自动呼吸器失灵、氧气耗尽……我本想重复过去说过多次的解释,但我没有。

"一定是在海底看到了什么。"

爸爸惊讶地回过头来。

"或许是过去的情人。"

一下子很尴尬。很快,爸爸愉快地附和道:"对。她在黑暗的海底应该有一个有鳃有鳍的情人。"

他开玩笑地说:"那样的话你妈妈还能不溺水吗?"

我正想插话,这时店里进来了几个和爸爸年龄相仿的客人,他们都穿着做工很好的西装,领带的质感也不错。他们之中有个人和厨师打着招呼,看起来是个老顾客。他们坐在了柜台边,和我们之间隔了一个座位。

"认识一个叫内藤的人吗?"我直截了当地问道。

"是个什么样的人?"

"据说是妈妈过去的朋友,"我不动声色地观察着爸爸的表情,"前几天到医院来看过妈妈。"

"是个男的吧?"

"哎。"

他好像是再一次在确认自己的记忆。

"还是没有印象。"

我还是没能说出是我让他探视了妈妈。在爸爸面前说到那个男人,总觉得像是干了什么不老实的事情。

我们隔了好久才继续说话,就像是在选择浅滩渡河一样,重复着一些无关紧要的话题。这时,爸爸就像是突然想起了什么似的,又扯起刚才的话题:"曾经听你妈妈说过,她结婚前和一个人有过交往,好像说是大学里的学长,好像那个男的就叫内藤……"

他一边说一边盯着我:"就是他来看你妈妈的吧?"

"搞不清楚。"我不由得把目光挪到别处。

听爸爸讲妈妈恋人的事,我感到有点意外。如果妈妈没出事,恐怕不会谈这样的事情。可能是妈妈即将死亡的事实使爸爸变得宽容了吧,抑或是死亡所具有的本质的力量使我们想弄清真相吧。

"不管怎么说,都是三十年前的事情了。"爸爸说道,就像是一个人自言自语,"如果真是那个人心里惦记着你妈妈而来探望,真想当面说一声谢谢。"

我一个接一个吃着捏好的寿司,爸爸一直在喝酒,他面前已经摆满了没有动过的寿司。

"你拿一些过去吧!"爸爸说。

"我已经吃饱了,"我一边给爸爸斟酒一边说,"你多喝一点儿吧,司机没喝酒,不会有事的。"

"啊,是呀。"

爸爸又要了一壶酒。女招待拿来酒壶后,爸爸让我也喝一点儿。我拒绝了。大概是以为我在担心开车,他便说今天晚上把车放在这里,坐出租车回去。我知道他想和我一起喝酒,但是我不想喝醉,现在我不想和爸爸有同样的心情。我当时的想法对爸爸也许有些残酷。

旁边的男人们一边喝着酒,一边谈论着工作上的事情。一位厨师给他们切着活对虾。案板上的对虾凄惨地摇动着尾巴。

"对不起,"我把目光从料理台上移开,"因为是我叫妈妈去的……"

"不要那样想。"爸爸沉稳而又坚决地说,"妈妈一直在干自己喜欢的事情。人总有一天要死的。她还是很让人羡慕的。"

我战战兢兢地再看时,对虾已经被处理完毕,和其他鱼一起被盛在了一个盘子里。我瞧了一会儿,对虾尾巴已经不动了。

# 4

我在学生时代并没有特别想过要靠弹钢琴谋生,当然也没有积极地想过要当一名女职员。爸爸妈妈希望我回家乡,因此我就在接受公司招聘考试的同时,接受了一家大型钢琴厂家的考试。当时就业非常困难,女大学毕业生很难被企业录用。大部分公司没要我,我最终被录用当了一名钢琴教师。于是我住在父母家里,开始教家庭主妇和孩子们弹钢琴。

一周只有一个上午给家庭主妇上课,其余工作都安排在中午以后。周一和周二是幼儿园的课,从下午两点到七点。小学生和中学生的个人指导课,第一节课从下午三点半开始,每一个小时转一个学生家。妈妈没出事的时候,她负责做饭,所以即使晚上上课上到九点多也没关系。但是,到了如今这种情况，我就要尽量把傍晚之后的时间空下来了。于是我就把情况和学生的家长们做了说明，暂时把晚上的练习挪到了周六的下午和星期天。

那一天是个星期六，下午一点起教一个初中二年级的女学生弹小奏鸣曲，后一个课时从三点开始。本想在茶馆看一个小时的书，回到车上的时候，想起了插在仪表盘上的名片。一看地址，发现自己已经来到了离内藤家很近的地方。我也没有过多地考虑，就直接驱车前往内藤家。我并不打算与他见面，只是想知道他住的地方以及他过着怎样的生活。

寻找停车场费了点儿周折。我不想使用收费停车场，那样的话，就好像我是特意去拜访他似的。因此，我把车停在了超市的停车场，进超市买了观赏植物的液体肥料和五盒一组的面巾纸。把东西放到车上后，就徒步走出了停车场。周围是没有什么特色的住宅区，好像是教师和工薪阶层住的地方，有带个小院子的独门独户的住宅，也有中等的公寓。勉强可以称为公园的儿童乐园一角有一棵大樱花树，碧绿的树叶顺着树枝散向天空。拐过这个角落进入一条只能称为小巷的狭窄小路,在一面被风吹雨打得已经发黑的水泥预制板的墙壁上,挂着一块写有"内藤英语教室"的招牌。

我装作路过的样子,不动声色地从外面观看里面的情况。这是一栋看起来已建成多年、饱经风霜的平房。从木门到玄关的细沙路上铺着石板,两边栽的庭院树看起来长期没有修整,枝繁叶茂。玄关处即使在白天也很昏暗。没有看到学生和自行车,里面静悄悄的。

从他家门前走过,就到了小巷的尽头。在十字路口想返回去的时候,木门开了,内藤牵着一个小孩的手走了出来。我慌忙从所在的十字路口处向左转弯,在一个看来已经不可能与他们两人碰面的地方又装作迷路的样子返回到原来的十字路口。顺着小巷可以看到内藤和孩子的背影,他们正往儿童乐园的方向走去。牵着孩子手的内藤,穿着白色短袖衬衫,脚上穿着一双橡胶拖鞋。那个小男孩五岁左右,头上戴着草帽,身上穿着短裤和有条纹的短袖衬衫。父子俩几乎不说什么话。不久我发现孩子的两条腿膝盖以下部位都戴着矫正器具。

接近尾声了。我感到医生们越来越不把妈妈当作一个人来看待了。他们只关心如何维持患者的尿量,保持离子的正常水平,防止细菌的侵入。对我们所做的说明也只限于检查数据的变动,甚至连妈妈的名字也很少提了。

然而,在对妈妈丧失人性情感这一点上,或许我也是同样的。有时候我会帮助年轻的护士,早晚两次给妈妈擦拭身体。擦拭时并没有什么特别的感觉。我已经不能把她的肉体与正常的生理活动联系在一起,只是把它们看成一个个器官。

突然,我想到了内藤。那个人一定不会允许这样对待妈妈的。他绝对忍受不了这样的事情——妈妈丧失了名字和性别,仅被看成一个装满医学数据的箱子;年轻的护士们没有任何羞耻和拘束地擦拭她的身体,简直就像在清洁一个不锈钢的洗物槽一样。对于在这个医院的病床上发生的事情,恐怕他不会容忍吧。

真是瞎想,没有任何根据。真实的内藤是个怎样的人呢?我几乎一无所知。但是,初次见面,他就对我有气。他憎恨使妈妈遭此厄运的人。他以一种悲伤的目光看着妈妈,悲痛地握着妈妈的手,使用我和爸爸都没有听过的名字叫着妈妈。他究竟是个什么样的人呢?是一个残疾儿童的父亲,一个开英语教室、其貌不扬的男人。妈妈是他的什么人呢?他又是妈妈的什么人呢?

我活动了一下肩头,突然产生了想跟妈妈说话的冲动。如果我那样做,传感器就会感知到异常,通知监控中心。我抓起她的手腕。软绵绵的手苍白冰凉。皮肤白得透明,如果点滴的液体有颜色,似乎就能透过皮肤看到液体。我像两个人握手一样抓住妈妈的手,慢慢地伸弯她的胳臂。她没有任何抵抗。她的身体已经完全松弛了。我叫了声"妈妈",她也没有什么反应。是不是像那个男人那样用爱称叫她一下?可是那好像是触犯母女禁忌的,我放弃了。

最近我注意到,之前在家里很平常的对话,现在也不知道为什么都变得很死板生硬了。我和爸爸之间产生了一种奇妙的客气。刚开始我还简单地认为是因为妈妈不在家。但实际上,不是因为谁不在,可能是因为谁在。

"据说吸烟二十五年就会产生导致肺癌的癌细胞。"爸爸边看着起居室茶几上摊开的报纸边说,"这上头写着,最近的研究已经确认了这一点。也就是说开关已经打开了,之后吸不吸好像没什么两样。爸爸我已经吸了超过二十五年了,就算现在戒掉也没有什么用了。"

"可还是要保重身体啊!"

"啊,我知道。"

爸爸说着,走到了厨房换气扇处,打开煤气灶点了一支烟。在家里,除了自己的房间,那里是他唯一的吸烟场所。妈妈讨厌香烟的味道。

"没人唠唠叨叨说了。"

爸爸凄凉地笑了一下:"总之,关于戒烟这件事,还是不要刻意去做什么为好。"

他把还剩得很长的烟浸在水里灭掉后,在起居室的音响里放了一张旧的爵士乐唱片。喇叭里传出了柔和的吉他声。那是一首听过的曲子,可我就是想不起曲名来。本来是问一下就可以了,可又感到没有那个必要。

"除了妈妈,爸爸还有喜欢的人吧?"我没有问曲名,反倒问起他这个问题。

"你为什么突然想知道这样的事?"爸爸坐在桌子旁喝着茶。

"我想知道你是不是对妈妈用情专一。"

爸爸轻轻地笑了一下,说道:"那么过高估计我可不行哟。"

"是吗?"

"爸爸有时候也会干出不能引以为豪的事情。"

"结婚以后也一样吗?"

"这可不能回答你。"

爸爸讪讪地笑着。

"你认为妈妈是怎么了?"

"海底下有好人吧?长着鳍的情人……所以她才溺水了。"

"我可是一本正经地问你呀!"

"我也是一本正经的。我想你妈妈应该有鳃才对呀!这样在海底和情人见面就不会溺水了。"

"你是不想回答呀!"

"阿刊怎么想呢?"

"不知道。"

"那就算了,现在再刨根问底也没有什么意义了!"

我从冰箱里取出一个梨,在洗物槽上削皮。这梨是从爸爸老家寄来的。

"下面嘛,"爸爸郑重其事地说,"我想必须考虑结局了。"

我停下手来,从厨房回头往起居室看了看。爸爸正呆呆地紧盯着手里捧着的茶杯。

"医生说已经看不到什么变好的征兆了。脑电波一旦变得平坦,就很难恢复了。当然,只要呼吸正常,就有希望停留在植物状态。呼吸减弱以后,就需要采取保命治疗的手段了。到了那个时候,我想用保守地维持生命的方式,让她以接近自然死亡的形式迎接死亡。怎么样?"

我本想说,有可能的话,就让她那样死在海里好了,但没有说出口。那样的话,爸爸就太可怜了。

"我也想那样好。"

"是吗?"

我把水果放在了桌子上。

"我们是不是对妈妈太残忍了?"

"为什么那么想呢?"爸爸颇感意外。

"我也不知为什么。这样下去太可怜了!"

谈话中断了。

"有什么好主意吗?"

"不知道。"

爸爸盯着玻璃盘中的梨,嘟囔了一句:

"太痛苦了。"

## 5

看护妈妈的时候,我曾经想,如果死亡成为现实的话,自己大概要被悲痛压垮,陷入不能干任何事情,也不能思考任何事情的状态。然而,当医生确认妈妈死亡的时候,我不仅没有张皇失措,连眼泪也没流。我也没有世界要崩溃了的感觉。我想这是因为已经有心理准备了。最大的震动是在事故发生时感受到的。那之后的悲痛总有些像是装出来的,有一种虚伪的感觉。而且,现在的我甚至不知道为什么悲痛。妈妈死了。可是,她的存在已经不像过去那么单纯、那么明快了。

"人哪,真会这样轻而易举地死去的呀!"被告知去世之后,在准备葬礼的繁忙纷乱中,爸爸一下子怅然若失,"就在不久前还精精神神的妻子不在了,一下子不知道自己是在生的一侧,还是在死的一侧。总感觉就这样两腿分开站着的地方也很危险。"

然而,她说不定一直是处于另外一方的。妈妈就是这样一个人,至少她的一部分是在我和爸爸都触摸不到的地方秘密地生成的。和我们一起生活的妈妈,只不过是妈妈这个复合体的一部分而已。在各种各样的关系中,一个人存在着多个方面。我们所看到的妈妈、所想象的妈妈,或许只是她的一个方面而已。

这是一个没有任何装饰的房间,没有一张图画和照片,也看不到玩偶和装饰品。在我上高中的时候,我的房间里贴着布鲁斯·斯普林斯汀[①]的宣传画。妈妈看到他就像看到越狱犯一样皱起眉头。确实,这个房间里没有任何怀春的东西。动物性的,

---

① 布鲁斯·斯普林斯汀(Bruce Springsteen):美国歌手,作词作曲家。

猥杂的，性和暴力的……一个即将五十岁的女人的房间里，那样的东西一概没有。

与同龄的女人相比，妈妈要显得年轻，也不像一个家庭主妇。即使如此，我也难以想象恋爱中的妈妈是个什么样子。她和爸爸相处得很好，两个人真诚相爱，即便如此，那和恋爱也不是一回事。对于一个结了婚又生了孩子的女人来讲，恋爱是发生在某个遥远世界里的事情。我隐隐约约地那么觉得。

一个男人的出现，给她的形象带来了微妙的歪曲。对于我来讲，妈妈现在不能与简单、明快的形象联系在一起了。她的形象是由多个要素构成的，或者说是由多个主体组合而成的。过去，我几乎下意识地把妈妈的存在与自己的出生、自己意识的产生重合在一起。当然，她的人生是在我出生之前就开始的，总是先行于我所知道的妈妈的。

我又一次环视房间。窗边的小书桌、书架、衣橱、化妆台、藤木沙发床。衣橱上放着一个小音响以及法国和意大利的民谣CD。桌子上放着带有花纹图案灯伞的台灯，台灯周围散乱地放着钢笔、橡皮、胶水等文具以及眼镜。沙发床旁边的厚玻璃床头柜上堆放着几本刚开始读的文库本推理小说。妈妈在这个房间里看书，听音乐，写信。她活着的时候，确实在这里待过。但是，如今她已经不在了，我觉得有必要去探寻妈妈。

没有风，尽管开着窗户，屋内还是很闷热。我又不想关上窗户打开空调。和妈妈的遗物一起被封闭在这个房间里，我感到有点喘不过气来。现在一个人在这个房间的时候，我感到一种拘束，这是她在世时没有过的。爸爸让我整理她的遗物，这份工作让人觉得很麻烦。房间里很平常的东西，都让人感到是要揭开那既不想被看到也不想被知道的事情。每当打开桌子和柜子的抽屉的时候，我都有一种做贼的感觉，好几次我回头往房门方向看。

我从壁橱里找出了一本旧相册，这是妈妈结婚前的东西。质量拙劣的彩色照片都已经变色泛红。当时的女学生们的样子很有趣。她们穿着现在看来完全过时的服装——喇叭裤、超短裙，牛仔裤看起来就像是劳动裤。男学生们土里土气，表情严肃，让人觉得比他们的实际年龄要老。我注意到了其中的一个人。透过近三十年岁月的面纱，我也不会看错：青春、精干、充满自信的脸庞，目光敏锐，即使是微笑也给人以无畏的印象。我想了想实际看到过的内藤的面容。学生时代的照片上的面容，确实还像遥远的记忆一样残留在他现在的脸上。

再往下翻相册，有几张内藤一个人的照片，也有和妈妈两个人一起的照片。我没有感到吃惊。发现相册的时候，我就在某种程度上预想到了它里面会有什么东西。不，是爸爸让我整理遗物的时候，我就已经感到自己应该会发现什么。我被相册最后一页贴着的一张照片吸引。妈妈穿着一件蓝色带花的劳动布衬衫，下身是白色的牛仔裤，长长的头发，额头上缠着一条红色的围巾。这里存在的，是我所不知道的妈妈。我没见过的笑容，不曾看过的表情，近乎媚态，女人味儿十足……有一个男人正隔着取景器看着她。她的一切美丽和可爱都是朝向他一个人的。

点心盒里的书信就是"蛇足"了。几乎都是装在信封里的,其中一半左右是航空信。我连捆着书信的带子也不想解开,更不用说去读它们的内容了。妈妈的名字书写得刚劲有力,信封用剪刀精心剪开。以上这些足以让我明白这一捆书信有多麻烦。

有时候,一个趔趄就会把一切都搞得虚无缥缈。在看到已经褪色的彩色照片里的妈妈之后,我觉得什么都不是以前的样子了,她的面目和对她的回忆都发生了微妙的变化。爸爸常常开玩笑,妈妈就跟着笑。然而,有些东西从玩笑的影子里洒落,想抓又抓不住。它们从什么地方来,又消失到什么地方去。虽然以前每天都能亲眼看到,可关于她又什么都不了解。

妈妈生下了我,她身上的未知决定了母女之间的距离。妈妈在世的时候,没有什么问题。那是因为,谜就是谜,严密地包裹在她的身心里。但是,失去妈妈之后,现在对我来讲,丧失感比对死者的顾忌还要大。这种丧失感的产生不是因为失掉了什么,而是因为有个什么东西进入了视野。那是一种多余的东西,对我来讲未知的东西。我被一种类似焦躁感的强烈情绪笼罩——这样下去的话,我将永远与妈妈擦肩而过。

必须再见那个人一次。见面后,要直接询问他们两个人之间的事情。我有一种强烈的义务感,它比失去妈妈的悲痛还要强烈——我要重新与妈妈面对面,我要重新找回妈妈。

# 6

对于去见内藤这件事我也有些迷惘。首先,怎么去见呢?他不会让他的伴侣知道我的来历吧!我也讨厌被瞎误解,见面的动机也不明确。我究竟想了解什么呢?想从他那里问出什么来呢?是妈妈年青时代的恋爱?就是知道了那些事,现在又能怎么样呢?

"现代人的悲剧就是不能把出事故而死归罪于命运,"葬礼结束后不久的一天,爸爸这样说,"无论如何也要找出人为的原因,不然就怎么也不死心。其实我已彻底厌倦了。你妈妈已经死了,再也回不来了。现在就是能找出原因,也不能怎么样了。但是,还有保险等事情,看来又不能那么办。真是厌倦透了。"

我是自己厌倦了自己。内藤的事情,如果我们不关心，也没有必要去探究。并不是不明确两个人的过去就不支付保险费。要是不想去管它的话也是可以的。一个男人来医院探视妈妈，他仿佛就是一阵骤雨——头发打湿了，过一会儿就会干的。这样一想，我还是回到没有妈妈的生活就对了。

但是，我感到在双重意义上失去了妈妈。其一是失去了妈妈这个人，其二是知道了对她的回忆是不完整的。或者也可以这样说，由于一场意想不到的事故，妈妈突然从我面前消失了。同时，她作为一个我不了解的女性，在我完全意想不到的地方现身了，一种奇妙的悬在半空中的状态。心情就像是没有什么遗骸和遗物，却要领受死亡通知书的士兵家属。我虽然对她的死亡很悲痛，却没能够很好地扮演失去母亲的女儿的角色。因为她还没有死亡。至少由于她的死亡，我的心中有了一个开始存活的妈妈。如果不为她做点什么，妈妈就不算死亡。对她的去世不能纯粹悲伤。

钢琴课程规定是一年四十四次，因此有的月份最后一周没课。那天中午，我往内藤家打电话。我已经想好了,如果是他太太接电话,就装作咨询入班的事情。幸好接电话的是内藤本人。我告知了我的打算,他以一种感到很麻烦的语气拒绝见面,说见了面也没有什么可说的。他是没有什么可说的,可我有想问的。

"你现在可以问。"

"不是在电话中就可以问的事情。"

"在我们之间没有打电话不能问的事情呀!"

"我并不是想揭露秘密,只是想打听一下我妈妈年轻时的情况。"

"为什么找我呢?了解你妈妈年轻时情况的人除了我应该还有很多嘛!"

我不想说出相册的事。

"在集中治疗室里探望过我妈妈的男人,除了我爸爸,就只有你一个人。"

"那确实是荒唐的请求。"他叹着气说,"我知道你妈妈出事后,就想纵容自己的任性一次。"

"不能允许我任性一次吗?"

"我想我们彼此心情都不会愉快吧。"

"从我妈妈去世后就没有过什么愉快的心情。"

对方不说话了。从令人窒息的沉默中，可以隐约地听到电视机的声音。

"你知道我家吗？"他让步了。

"我想我能找到。"我故意装出不谙路况，就名片上的地址问了几句。

"我家附近有一家超市，"他说出了我曾经停车的那家超市的名字，"紧靠着它是一家汉堡店。我们三点在那里见。"

我把车停在超市停车场，然后为了消磨时间，就去超市购物，慢慢腾腾地买了些手纸、垃圾袋、洗碗擦等东西。这些东西虽然不急需，但买了放着也没有关系。把它们放到车上后，比约定时间提前五分钟进了汉堡店。内藤还没有到。

汉堡店门朝向大道。光线明亮的窗边桌子也还空着，但我特意在里面选了一张光线昏暗的桌子坐下。我要了咖啡，一个看起来像是打工学生的年轻女孩用托盘端来了一个大杯子。意大利式的煮咖啡，看起来就像是溶解的面粉用绘画颜料着了色一样。

三点刚到的时候，内藤走了进来。西装裤、长袖衬衫，脚上还是上一次看到他时穿的那双拖鞋。看到我之后他轻轻地点了点头，就在柜台上给自己要了杯咖啡。

"傍晚我还有课，"坐下后，他也没有寒暄就说，"那之前还要去幼儿园接孩子。"

"在您百忙之中打扰您，真对不起！"

我为什么这么低姿态？自己都对自己的低三下四感到不满。

"您没去参加葬礼呀！"

"没抽出时间。"

简直是无所适从。看来内藤是想消灭任何关于妈妈话题的微小萌芽。我头脑中浮现出的是他一个一个搬掉我想往上攀登的梯子的光景。

服务员送来了咖啡。他把一袋棒状白糖全都放进了杯子，用塑料小勺搅拌后喝了一口，皱了皱眉头。

"要是有一个能喝到再好一点咖啡的店就好了。"他说着往我的杯子扫了一眼，"遗憾的是这附近没有让人中意的咖啡店。"

"您是在开英语教室吗?"

"前些年一直在一家小外资企业里工作。几年前从那里辞职后就开办了。这年头,再就业很困难呀!说是辞职,实际上是被解雇,就是现在流行的企业重组。"说到这里,他好像是感到说得太多了,突然就闭上了嘴。

"您太太上班吗?"

内藤的表情立刻警惕起来。

"我在教孩子们弹钢琴。"为了转换话题,我接着往下说,"这附近就有一个孩子在学。"

"是钢琴啊。"他恢复平静后自言自语说了一句,眼睛看着外边的道路,"我也在和内人商量是否让我们的孩子学钢琴呢……"

我眼前浮现出一个脚上带着矫正器具的男孩子和牵着他手的内藤的背影。

"几岁了?"

"明年就可以上小学了。上了岁数后才有的孩子呀!"他有点儿不好意思地说。

"男孩子吗?"

"你怎么知道?"

"不知为什么,我有这种感觉。"

"是的,是男孩子。"

"一个吗?"

总是进入不了正题。话题一涉及妈妈,他马上就表现出拒绝的态度。看来只好暂时在孩子和钢琴的话题周围徘徊了。还有时间,至少我有。他傍晚要上班,还有一个小时,应该没问题。

"你有几个兄弟姐妹?"内藤突然问我。

"就我一个。"我爽快地回答,但是之后就没话了,"那……什么……"

"不……"他暧昧地说。看来要沉默下去了。这时,他有些顾虑地说:"独生子怎么样呢?"

"什么'怎么样'?"

"很孤单寂寞吧?"

"怎么说呢?没有办法比较。内藤先生您呢?"

"我是三兄弟中间的一个,所以不了解独生子的心情。"他停顿了一下,又接着说,"我家的看来要成为独生子了。本来还想再要一个,可是这个孩子就是上了岁数之后才生的。内人虽然比我年轻,但生孩子的时候已经不年轻了。"

"并没有那么感到孤单寂寞。"我心情出奇地开朗,说道,"也没想过有兄弟就好。因为从小就自己一个人受宠爱,反倒觉得一个人真好。也正因为如此,相应地就长成了一个任性的人。但是,妈妈去世后,还是感到这种时候,要是有个哥哥弟弟或者姐姐妹妹就好了。"

"可能是吧!"

"我真的不清楚。"

内藤抬起头来,满脸疑惑。

"即使有兄弟姐妹,失去了父母也会寂寞的呀!"

他慢慢地垂下了目光,眼睛盯着桌子上的咖啡壶。我觉得是可以提出妈妈话题的时候了。

"您和我妈妈是在什么时候认识的?"我一本正经地问道。

内藤还是盯着桌子看。过了一会儿,他端起了自己的杯子,木然地喝了一口咖啡。

"很早以前……"他开口之后,仿佛又不知该如何继续下去,就闭上了嘴。难堪的空场。我都要绝望了。这时他准备好了回答:"在我们还是学生的时候。"

"你们是同一所大学的吗?"

"你妈妈比我低两级。"

他呆呆地望着窗外,可能是在回忆和妈妈邂逅时的情景吧!那里有我和爸爸都不了解的一位女性。

"妈妈的相册里有您的照片,"我毅然决然地对他说,"是学生时代的照片。"

他没有回应,只是一动不动地看着窗外。我顺着他的视线把目光转向窗外。刚才光线还很明亮,现在已经有些暗淡了,树荫下的阴影也相应地不那么明显了。

"这一带二十年前还都是农田,"他好不容易才开了口,"这家店和超市都是。道路旁边有水渠,孩子们还在里面捉鲫鱼和龙虾呢!人和景致都变了。我们两个人看到的景致，到哪里都看不到了。那个人不在了。现在她的女儿坐在了我的面前。"他抬起头来，眯缝着眼睛看着我。"和那时候的她年龄相仿……真是不可思议。我觉得就像是一个封闭的循环。"

内藤在椅子上挺直了腰板，盯着自己重叠放在桌子上的双手。店内的有线广播里传出一个男孩子的歌声，那是一首唱得非常生硬的恋爱歌曲。我等待着他的下文。过了一会儿，他像倒满的杯中之水终于失去了表面张力溢出来一样，又开始说了下去：

"你妈妈上大学四年级的时候，我是研究生。当时学部的规定是，研究生作为辅导员负责几个四年级学生的毕业论文指导。碰巧我当了你妈妈的辅导员。"

说到这里他停顿了一下，接着说："这就是我和你妈妈的邂逅。"

我想我当时一定是一副意外的表情。我就像是一个偷吃了暂时不让吃的东西的孩子。

"那后来怎么样了呢?"

"大学毕业后你妈妈工作了。"看来他是想尽快结束谈话,"那一年九月,我去了德国留学。我们时常有书信往来,但是渐渐就疏远了。不久你妈妈结婚了,生下了你。那以后的事情,你就比我更了解了。"

这个人什么都不知道。不知道对方想问什么,或许是故意装作迟钝。就像是一个父亲对待让他讲故事的孩子那样,只给讲故事的开头和结尾,还要做出一副一本正经的样子。两个人邂逅了,两个人分开了,我却想要填充那中间的空白。

还剩一半的咖啡在杯子里已经凉了。一群穿着制服的女高中生来到店里,店内顿时热闹了起来。看来内藤不会再说出什么了。他显得很疲惫,就像是完成了一项工作。我甚至产生了一种卑劣的念头:你要是那样的话,我手里可有书信为证。

"为什么来探望我妈妈呢?"我粗暴地问他,"只是大学时代作为辅导员那么一点儿缘分吗?"

他缓缓地回过头来。

"有一种被诱供的感觉呀!"

我没有回应。他拿起杯子，喝了一口咖啡，好像很难喝，然后瞥了我一眼。我也瞪了他一眼。他长叹了一口气，说道："其实，我对你妈妈是有特殊感情的。"一种豁了出去的语气。

"如果你愿意，也可以把它称作是爱情。但是，那是剃头挑子一头热，是我单相思。在我从德国回来之前，我们的关系就结束了。从那时起，两个人就走上了不同的道路，那两条道路就再也没有交叉过。"

他暂停了谈话，向服务员要了一杯凉水。

"这回行了吧！"内藤满脸怠倦，"你让一个五十多岁的男人坦白了三十多年前的失恋。去探望你妈妈确实是个轻率的行为。如果这使她女儿产生了不愉快，那么我向你道歉。但我们的关系，不值得你去探究。至少，对于你妈妈来讲，我的存在什么也不是。"

占据了窗边座位的女高中生们一边大嚼汉堡包，一边高谈阔论。内藤瞅了一眼自己的手表。

"在报纸上看到你妈妈出事时，我颇为震动。

收到葬礼通知时,我很悲痛,感到失去了自己人生中重要的一部分。"他停了下来,看着我,之后又低声说,"但这种悲痛和你没有关系。我和你妈妈的事,在你来到这个世界之前就结束了。"

# 7

早晨起床后,天在下雨。雨天钢琴的音色不好。练习了三十多分钟指法之后,键盘才轻快了起来。弹奏了一会儿乐曲之后,站起身来,乐谱就那么放着。给自己冲了一杯咖啡,把厨房的椅子挪到窗边,边喝咖啡边望着外面的雨。从冰箱里拿出了一个梨,只削了一半儿吃。梨的季节已经快结束了。孩童时分,总是盼望着爸爸老家寄梨来。开运动会的时候,多层饭盒的最下面一层总是装着削了皮、切成小块儿的梨。

就像是普鲁斯特的小说一样,我咬了一口梨,在梨味儿的引导下,开始追寻关于妈妈的记忆——在上小学前经常领我去市营游泳池,我引以为豪的年轻美貌的妈妈来学校观摩授课,在钢琴的汇报演奏会上和妈妈一起弹奏贝多芬的《土耳其进行曲》,

上中学时两个人经常去电影院,星期天去展销会购物……妈妈做的炒鸡蛋的味道,现在还能回想起来。和其他菜肴一样,清淡、高雅。她说,不用白糖,只用少许甜料酒。我喜欢吃放很多葱的炒鸡蛋。

听内藤一讲,对妈妈的印象不仅没有清晰起来,反倒越来越混乱了。他喜欢妈妈,但妈妈并不是那样。他在留学的地方想念着恋人,她却迅速找了别的男人结了婚。太好理解了。确实好理解,可是没有真实感。至少对于内藤来讲,三十多年来一直忘不了学生时代的恋人,甚至还来探望处于昏迷状态的妈妈。在她完全没见过面的家人面前暴露自己,提出探视的要求,这应该是出于非同小可的决心。内藤的话并没有表达出这些事实的沉重性。

从他的话里可以听出,妈妈是这样一个女人:她等不及去留学的恋人,和一个比自己大的精英职员结婚;她有些冷漠又长于算计,把和两个男人的恋爱放在天平上比较后,选择了其中一个。如果妈妈真是这样一个女人,内藤能三十多年还一直想着她吗?另外,那样的妈妈和我所知道的妈妈大相径庭。这也不符合她和爸爸之间的关系。内藤对我说的事情，果真是那个妈妈的事情吗？是运动会时给我饭盒里放炒鸡蛋的那个妈妈吗？

我从自己房间的壁橱里拿出了装在点心盒里的内藤的书信，把它们放在厨房的桌子上。既不能处理，又没有勇气去读它们，就一直那么放着。信一共有三札，每五十封左右一札，用细绳精心地捆着。航空信都是从一个叫波鸿的德国小城寄出的。我一时心血来潮查了地图册，那个小城市紧挨着鲁尔工业区的中心城市埃森。究竟是个怎样的城市呢？我不了解详细情况。大概也是个工业城市吧！为什么内藤要到那里去留学呢？是不是那里有好的大学或好的图书馆呢？能够弄清的是，他曾经在那个城市待过，而且孜孜不倦地给日本的恋人写信。信封上的邮票图案几乎都是旧建筑，而且都是单色印刷的。他是把自己的思念寄托在这些没有情趣的邮票上了吧！

我想象了两个人恋爱的过程。一个即将大学毕业的四年级学生和一个担任她毕业论文指导的研究生。两个人在不知不觉中心心相印。他们的关系，不能被认为是内藤所说的那种单相思。是不是妈妈也喜欢他？如果不是这样的话，那么就不能理解为什么妈妈要把内藤的来信和其他的信件分开来保存，一存就是三十多年。虽然没有迹象表明妈妈反复阅读过，但她很珍惜这些来信，这是毫无疑问的。去国外留学，内藤是期望将来当一名研究人员的。对于这样一位优秀的年轻研究人员，一个二十多岁的女大学生对他产生恋情，不是什么不可思议的事情。

但是，两个人必须离别。或许他们没有能够深刻理解这次离别的含义，认为只要是心心相通，跨越那段不能见面的岁月不是一件很困难的事情。于是，地球这一面和那一面的通信就频繁了起来。稚气的字里行间流露着真挚的情感，直率的爱情表白，玩笑似的猥亵。一定也有对将来的展望——结婚，两个人组建家庭。不久，她的变心在书信中投下了阴影，不协调的音符响起。分手的征兆悄悄逼近，书信渐渐稀少了。他责怪恋人。但是，她不再写回信。妈妈是否将新恋人的事情告诉了远在德国的内藤了呢？就这样，一场恋情结束了。妈妈遇到了爸爸，变成了我所知道的妈妈。

我在尽情空想的时候，叹了一口气。真实的情形究竟如何呢？我看着面前的信札，不知所措。如果读了这些书信，就应该能够搞清大致的原委。因为恋人之间的往来书信就像是DNA的双螺旋结构一样，即使不是唯一的固定模式，那也是读了上句，下句的意义就自然限定了的。然而，我无论如何也没有勇气解开绳子打开信札。我不能在头脑里有一个叫内藤的活生生的人存在的情况下去阅读三十多年前他写给妈妈的信。书信是只写给一个人的。我被永远地驱逐出了它所要公开的世界。

爸爸的公司在城市中心地带。他让我在地铁出口处的一个茶馆里等他下班。这正是秋日气息渐浓的时节，道路上尽是些年轻人，头发染成绿色、鼻子上穿着环的男孩子弹着电吉他唱着歌。路边的简易洋式建筑里，都是些时装店、洋货店、金融机构的事务所、音像店、茶馆、唱片店，还有几间艺术品店。招牌和旗子以红、黄色调为主。爸爸和平常一样,以他那沉稳的步伐走在人行道上。总是自鸣得意的举止在妈妈去世后也没有什么改变。

在一家酒店的拐角处拐弯后,从大路进入了一条背街小巷,街道的氛围发生了明显的变化。路灯暗了,年轻人的影子没了,亮着昏暗灯光的店铺几乎都是日本料理店等饭馆。冷清寒酸,感觉就像是妓院街一样。路边有一个树木繁茂的公园,在路灯下几个无家可归者聚在一起喝酒。往里走了一会儿,掀开一家土头土脸的小店的门帘。这家小店的操作间里只有一个厨师,店内还有两个穿着飞白花纹衣服的女招待。没有餐桌,在柜台前放着七八把用粗麻绳编织的有靠背的椅子。一个女招待拿来了湿毛巾,从她的言谈和年龄看,大概就是老板娘。

"对阿刊来讲,这里可能太寒酸了,"爸爸一边用湿毛巾擦着手一边说,"可在这里能够从从容容。"

"和妈妈也常来这样的店里喝酒吗?"

"你指什么时候?"

"我生下来之前。"

"那个时候去更高级一点的店啦！这附近就有一家常和你妈妈去的店。以后有机会带你去吧！"

店主人几乎不说话，在柜台里默默地调制菜肴——葱白和胡萝卜上加了鳕鱼籽和辣椒酱、竹腌小加吉鱼加上山药和酸橘、铁网烤蘑菇盛在撒了盐的砂锅里又加上银杏和松叶……这些东西一个一个地摆在我们面前。并不是什么精美的料理，但器皿和装摆都很讲究、很漂亮。

"生日送你什么礼物，可是好一个琢磨。"用啤酒干杯后，爸爸口齿不清地说道，"服丧中总是有点儿怪，没有爽快地去挑选礼品的心情。这真是有点儿对不住阿刊，今年就让我拿这个作为生日礼物吧！"

爸爸把一个小纸包放在了柜台上。

"什么东西？"

"打开看看嘛！"

打开纸包一看，是一个蓝色天鹅绒的宝石盒，里面是一个绿松石戒指。

"和你妈妈结婚前作为订婚戒指送给她的。"

"把它给我?"

"不能收下吗?"

"不行啊!这个应该由爸爸留着……"

"我留着也没有什么用啊!"爸爸一边往自己的杯子里添啤酒,一边说,"是低收入的职员时代买的,不是怎么好的东西。只是作为纪念品。"

"那就更不能要了。"

"不,好了,我希望阿刊拿着它。"

爸爸表现出很少有的顽固。

"那么,我就拿着了。"我很客气地说了一句,把戒指戴在了左手的无名指上,"正好嘛!"

"这不很合适嘛!"

"总是弹钢琴,手指应该变粗了才对呀!"

"那么,大概是你妈妈的手指粗吧!"

"谢谢!"

把瓶子里的啤酒倒入我的杯子后,爸爸让上了岁数的女招待上日本酒,然后就呆呆地看着对面架子上摆着的餐具和酒瓶。

"年轻时候的妈妈一定很漂亮吧?"我把戴着戒指的手举到面前,一边看着,一边漫不经心地问。

"很漂亮。"爸爸老实地回答,"我以前觉得她会一直漂亮,并且觉得那是可能的。"

他又突然醒悟似的叹了口气:"用过去时说话,总是令人感伤啊!"

一个新酒壶摆上了柜台。爸爸先将我的酒盅斟上了酒,再将自己的也斟上了。

"和妈妈是怎么认识的?"

"她作为新职员进入了爸爸工作的公司。在和野见山他们开公司前,我在东京的一家公司工作,这你是知道的吧?"

"听说野见山先生和爸爸因为妈妈展开了激烈的竞争?"

"那有点儿太夸张了。当然了,情敌很多。公司的同事里,有很多年轻的单身汉。"

"那为什么妈妈选择了爸爸呢?"

"为什么呢?"爸爸把胳膊支在柜台上,两手合在一起捧着下巴,想了一会儿说,"总之,我当时是拼了命了。"

"千方百计也要把妈妈追到手?"

"怎么说呢?"爸爸怀念似的看着远方,声音听起来有点哽咽——也可能是我的错觉。

"结果是追到手了。"我看着爸爸。

"但是,最后又被抢走了。"

爸爸向旁边走过的年轻女招待摇了摇酒壶,说了句"再来一壶"。这样和爸爸说着,我的心情焦躁起来:这个人身上还有另外一个人,而且无论如何都没有办法把他拉出来。即便像现在这样谈论妈妈的事情,也不能正确读懂爸爸的思绪究竟在什么地方。就是在谈论亲密的话题时,也总有什么不透明的部分存在。真是奇妙——由于失去了父母中的一方,双亲都变成了迷雾般的存在。

"啊,对了,"爸爸举着已经到嘴边的酒盅说,"肚子饿了没?光让你喝酒了。"

"我吃了不少东西了。"

"叫他们捏点儿寿司吧!"

"算了。"

我面前还有好几道菜肴原封不动地摆着。并不是特别要的,但店老板总是不失时机地上菜,所以,柜台上总是有两三道菜肴。

"再要一壶酒吗?"

"是呀!"爸爸放下酒盅,看了看手表,"该换场子了。"

"是和妈妈去过的店吗?"

"是一家可以有现场演奏的相当不错的店。"请女招待结账后,爸爸说道,"过去,马尔·瓦卓曾经一个人去那儿弹过钢琴。演出结束后,他在旁边的桌子上吃了碗猪排盖浇饭。"

上了年纪的女招待端来了一个小漆盘,上面有账单。爸爸把信用卡交给她,在单子上签了字。

"喝点儿威士忌再回家吧!"爸爸说完,站了起来。

# 8

十月末来了寒流。暂时多穿了几件薄衣服对付了一下,但看起来真的要冷起来了,就急忙换了衣服。好不容易铺上了电热毯,又清扫了空调,可到了十一月份,却又暖和得让人冒汗了。一个没课的星期天下午,一个人去看了吕克·贝松①的新影片。中学时代看过《萨布维》,完全被伊莎贝尔·阿佳妮倾倒。上大学之后,看过《格兰·布尔》,就完全成了贝松导演的影迷了。我想,开始潜水运动在很大程度上也是受了那部影片的影响。若是这样说起来,吕克·贝松就成为妈妈去世的间接原因了。

接下来的一周也都是温暖的好天气。在出发去工作前,取出点心盒里的书信,边喝咖啡边凝视这

---

① 吕克·贝松(Luc Besson):1959年出生,法国著名导演。

些书信成了我每天的必修课。每次摸到这些书信，心里就充满了怀念，仿佛是在眺望已经失去的自己的遥远的恋爱。同时，这些书信也使我心烦意乱。那些事就发生在身边。虽然说是我生下来之前的事情，但还不能说是那么遥远。是不是应该把它们还回去呢？既然收信人已经死亡，那就应该返还给寄信的人。其实说不定我是因为想尽快消除一个悬念：不知什么时候自己就会读了这些书信。在被这样的诱惑驱使之前……

一个星期五的下午，我往内藤家挂了电话。和上次一样，是内藤本人接的电话。我用通告一件事的口气说："有东西要交给您。"他惊诧地问："是什么东西？"我沉默不语。他便说："能不能邮寄？"我回答说："还是当面交给您比较好。"他考虑了一会儿。说不定他再也不想见到我，正如我想处理这些书信一样，看来他也想处理掉我这一存在。

"星期天下午怎么样？"看来他有点为难，但毕竟没有拒绝。

"没问题。"

"到附近以后请来一个电话。"

像以前一样,我去超市购物。要是这样不断地拜访内藤,所有的杂货都要在这儿买了。但是,今天就要结束了。大概因为是星期天吧,买东西的顾客比前两次要多。在超市旁边打了电话。内藤接了电话,指定了附近的一个公园。不是他家旁边的那个儿童乐园,而是公营小区里一个稍大一点儿的公园。从我现在的位置就能看到那个小区的建筑。

我把买的东西放到车上,拿上了副驾驶座位上的纸袋。我已经把信件装入一个大牛皮纸信封,又把牛皮纸信封装进了一个纸袋。我朝指定的小区公园走去。心情有点儿像去交赎身钱。没有指定到汉堡店去,看来不只是因为那里的咖啡不好喝,一定是他不想长谈。如果可能的话,打算拿上东西就告别。真是这样的话,那也好。我想从内藤嘴里也不可能再打听到关于妈妈的情况了。当然心情不好,觉得自己好像受到了刻薄的对待。我可是为了对我没有任何好处的事情牺牲了宝贵的星期天来的……

若是这样的话,还不如干脆在收集垃圾时扔出去算了。

五栋高层公寓排列在那里。小区内的空地几乎都被充当了停车场,只有一个地方逃脱了混凝土的侵占,还残留着绿地。它的一角被开辟成了一个儿童公园。里面主要有用废旧材料做成的健身架和滑梯,还有秋千、跷跷板和单杠等器材。沙坑里,有三四个小孩用铲子在挖沙子玩。其他地方就看不到孩子了。我坐在公园角落的一张椅子上等待内藤。天气很好,晴空万里,只是远方有些云彩。我闭上眼睛,迷迷糊糊,差一点儿就要睡着了。在沙坑里玩的一个孩子,用小塑料桶提来了水,把水灌进刚刚挖好的坑内。其他孩子把头凑在一起往坑里瞧。

看着他们玩耍的样子,想起了不知在什么地方读过的一则紧张消除法。其建议如下:首先要找一个适当的场所,后院或原野都行;找到后就用铁锹挖坑,尽可能地往深里挖;然后,就冲着这个深坑大声地喊,把平时的愤怒和不满都发泄出来,对上司和婆婆的愤怒、对丈夫的不满……把它们全部发泄完了后，填上土回家。

"喂！"有人叫了一声，我回头一看，内藤站在椅子后面，旁边是脚上戴着矫正器具的男孩子。

"你好！"我微笑着向男孩子打招呼。

"你好！"他规规矩矩地回答。和他爸爸不同，他一本正经。

"今天休息吗？"我问站在旁边的内藤。

"内人去参加研修会，"他有点儿心不在焉地回答，"因此我就得看孩子了。"

看来还是不要问"夫人干什么工作"的好。

"想把这个还给您。"我迅速递过纸袋。

"什么呢？"内藤惊讶地问。

我没有回答。他从纸袋里拿出了牛皮纸信封。信封没有封口，打开口一看就能看到里面的内容。

"我在整理妈妈的遗物时找到的。"我就像是找到了丢失的雨伞似的说道，"当然，我没有看。绳儿还是妈妈系上的，没有动过。"

内藤把手提袋放在腿上，一时间表情呆滞。男孩子不断央求着要去荡秋千。他说"等一会儿"。听起来格外地和善。

"我就……"

我站起身来,向坐在椅子上精神恍惚的内藤轻轻地点了点头,然后蹲在男孩子面前,对他说:"再见!"

"再见!"男孩子满脸疑惑地回答。

也难怪。就在几分钟前刚刚说过"你好!"的人,现在又在说"再见!"了。

"等一下……"内藤怯生生地开了口。

我回过头来。我已经要离开那个地方了。对方犹豫不决地低着头。

"我现在要送孩子去荡秋千,"他说,"然后我们去喝杯茶,怎么样?"

为什么没有摆脱掉呢?内藤一个人磨磨蹭蹭的时候,利落地离开就对了。一定是那个孩子的缘故。我对他注入了过多的情感,说不定也是由于他腿脚不好。而且我感到自己和男孩子之间存在着一条奇妙的纽带。三十多年前,一场恋情在这个世上出现了,开了花,但没有结果就消失了。那以后我们生下来了。我和他……是没有结果的恋爱替补。

"他还不能自己荡。"内藤一边从后面推着秋千上的男孩子一边说。

我坐在了旁边的铁栏杆上。在内藤陪孩子荡秋千的时候,我把装有书信的纸袋放在了腿上。

"他的腿脚一直不好吗?"

"是的,天生的。"他推着孩子,又好像是在眺望远方。

"学钢琴的事儿有进展吗?"

"钢琴?"他反问道。

"不,还是老样子。上小学之后要学的吧!"他像是在说别人的事情,"家里有一架我内人的旧钢琴。"

"我想钢琴对你儿子一定很合适。"

"我也喜欢钢琴,在家里经常听调频广播播放的古典音乐,每当放钢琴曲时,就不由得把音量放得很大。"

我们都没有说"让我来教他弹钢琴"这句话。

我这方面当然不能主动说。可能内藤也考虑过这件事情的可能性，但是终究还是认为不合适吧！

这期间，男孩子玩够了秋千，到健身架那里去玩了。我们也就走到了那边，并排坐在了椅子上。真是有些奇怪，纸袋又重新回到了内藤的手上。

"我以前以为这些信都不存在了。"他拿着纸袋，好像不知如何是好。

"看样子，我妈妈很珍惜它们。"

"为什么呢？"他以朴素的疑问口气说，这台词不能不让人感到是一种自负，"本来以为早就被处理掉了。"

"内藤先生也保存着妈妈的书信吗？"

一时间他好像很犹豫。

"不！"他痛苦地摇了摇头，"要是有的话，会还给你的。我老早之前就处理掉了。真是对不起啊。"

"没什么。"

"我是拼命要忘掉你妈妈的事情的，"他不改淡淡的语调说道，"就像要从留学的地方逃走一样，在世界各地流浪了好几年。有一位老师挽留我，可我最后还是辞去了大学的工作。回到日本后，辗转换了很多职位。和现在的内人在一起前，也曾经有过一次短暂的婚姻。什么都不顺利。"

男孩子在爬健身架的梯子。他不能像普通的孩子那样站着往上爬，而是用弯曲的膝盖一级一级地爬，全身都贴在了梯子上面，这都是因为腿脚不灵便吧！受到矫正器具的严格限制，爬得格外艰难。

"这都怪我妈妈吧！"

过了一会儿，内藤开了口。

"当时是那么想的，但这毕竟是自己的人生，不存在归咎于谁的问题。没能够有发展，那怪我自己，我这个人太懦弱了。"

"但是，是我妈妈伤害了你吧？"

"谁都没有伤害我。"他望着远方说，"你妈妈只是为了拥有她自己的人生。只是我无论如何都不能把她忘却。"

谈话中断了。几个小孩子呼喊着跑了过来，攀上了健身架的梯子。

"不能忘却,是一件不幸的事情，"他自言自语，

"没有比这更痛苦的了。"

就像决了堤的水坝,有东西要溢出来。我想把它置换成一个一个的词语抛到内藤面前。我想,要不是发生了后来的事情,我就那么做了。

大概是因为头脑里掠过的念头太迅速、太激烈了,感到现实的变动特别缓慢,真是要命。男孩子从健身架顶端慢慢地落了下来。那期间,时间就像是麦芽糖一样凝固了。"咚"的一声,男孩子的身体在地面上轻轻弹跳了一下。一阵刺耳的金属声,他一只脚上的矫正器具脱落了。内藤站起来,跑向男孩子。孩子一声都没有哭,只是伴随着激烈的痉挛,翻着白眼,后脖颈处直挺挺地僵硬着。内藤立即从口袋里掏出手帕,塞进他的口中,并不断地叫着男孩子的名字。

"请给叫一下救护车!"

听到这个声音,我才被拉回到现实中来。

救护车到来之前,男孩子意识清醒了。没有外表的出血和呕吐,也能对救护人员清楚地回答自己的姓名等问题。内藤陪着孩子去了医院。我打听了医院的名字，决定开着车跟去。既担心男孩子的状况，又因为内藤把书信放在我这里不管了。

男孩子被送入附近的一家综合医院。我到达的时候，救护车正好要开走。在外来患者急救处一打听，说是去检查部了。因为是星期天，医院里很安静。按照被告知的路线，走过一段昏暗的走廊，看到内藤坐在一条长椅上。

"现在正做脑CT，"他表情憔悴，"胸部和腹部的X光已经拍完了。还算幸运，看来没有骨折，内脏也没出血。"

"竟然弄成这个样子……"

"自己爬那个健身架是不行的，平时总是陪着他的。"他后悔不迭地说，"理学治疗师也告诫说他还不具备平衡感和敏捷性。"

大约等了十五分钟，躺在担架车上的男孩子被护士从手术室里推出来了。内藤从旁边跟他说话，孩子点了点头，神情异常坚定。

"下面医生还要诊断，"内藤在走廊里走着，"你就别……"

"只听一下结果不行吗?"

"那倒没关系,你有时间吗?"

"今天没课。一会儿我给家里打个电话。"

诊察室是内藤一个人进去的。我在外来患者就医大厅给家里打了个电话,跟爸爸谎称和朋友在一起,回去要晚一些。回到诊察室的走廊后,又坐在长椅上等,腿上放着装有书信的纸袋。走廊里,不用说患者,就连一个医生和护士也没有,整个医院都很安静。

内藤很长时间也没有从诊察室里出来。是不是检查结果不好,在进行深入的谈话?我为了缓解一下情绪,来到走廊尽头。那里有一扇铁门,上面贴有一个告示,写着"严禁开关"。这是一个安全通道,所以没有上锁。我试着打开一半门,没什么有意思的东西。停车场对面好像是住院病房。我看到了昏暗病房里开着的日光灯。有的房间窗户外面拉着绳子,上面挂着毛巾等物品。趁护士没发现,赶紧关上门,回到原来的长椅上。

过了将近三十分钟,内藤从诊察室里出来了。

"让你久等了。"他道歉地说,声音很爽朗。

"怎么样?"

"仅就 CT 检查来说,没有异常,看不到脑挫伤和脑内出血。只是说不定有小的出血点,所以为了慎重起见,要留院观察一天。医生说可能没什么问题。经过二十四小时观察,没有异常就可以出院了。"

"真是万幸啊!"

"让你担心了!"

"那么,我就此告辞了!"

"我要给家里打电话,一起往那边儿走吧!"

我们也没有说什么,来到了我刚才打电话的外来患者就医大厅。小卖店旁边有五部灰色的公用电话。小卖店的卷帘门关着。

"能不能稳定下来后把情况告诉我?"

"怎么跟你联系呢?"

我从包里拿出了在钢琴教室上班时用的名片。

"上午一般都在家里。"

"一两天内一定给你电话。"

"哎呀,差一点儿忘了这个。"我把装着书信的纸袋递给他。

内藤默默地点了点头接了过去。

"今天多谢了。"最后,他郑重其事地说。

# 9

那一周都用来和爸爸制订计划,准备去南方的海岛。他还不曾看过妈妈溺水的那片大海。从葬礼结束后就一直说要去看看,可又是办丧事,又是工作不允许,一直拖了下来。尽管是处于亚热带的岛屿,进入十二月份之后海上也会波涛汹涌。可能的话,要在十一月里成行。正焦虑不安的时候,好不容易爸爸能够休三天假了,我立即着手订飞机票和宾馆。这样,两个人不得要领地安排着旅游行程,度过了一个漫长的秋夜。

周末内藤打来了电话。之前他已经打过一次,说孩子已经出院了,精神很好。因为说是没有什么可担心的了,我们就闲聊了一会儿,气氛很和谐。也谈到了去旅行的事。于是,他像是想起了什么似的问我出发前能否见上一面。

星期天的傍晚,在小区的儿童乐园等了一会儿后,内藤和上个星期一样带着男孩子来了。光线已经昏暗,气温也已降低,男孩子穿着长裤和灯芯绒夹克。可能是还记得我,一看到我,就害羞地低下了头。

"你好!"我在男孩子前面蹲了下来说。

"你好!"他没有抬头。

"脑袋没事儿吧?"

他默默地点了点头。

"掉下去的时候,吓坏了吧?"

他还是一声不吭地点点头。

"那一次太谢谢了。"内藤在旁边说。

"幸亏没出什么大事儿。"

我们并排坐在了长椅上。男孩子跟父亲说:"我去玩了。"

"不能上健身架哟!"

父亲这样一说,他用手指了一下,回答说:"沙坑。"

"那天,可被我老婆狠狠骂了一顿。"内藤苦笑着开了口，"她说你在旁边究竟在干什么？当然，我又不能说是和过去情人的女儿在一起。"

"今天没事儿吧？"

"休息日是固定要和孩子两个人到这里来的。"内藤抬头看了看暗淡下来的天空说，"日头短了呀。"

"书信你重新读了吗？"明知道是多余的话，但还是不由得问道。

他就那样仰望着天空，一时没有回答。

"前几天在院子里把它们都烧掉了。"

"是吗？"

"请你不要介意。"他有些担心地回过头来说。

"不，那……"

"我当时觉得那样最好。"

男孩子在沙坑里堆了一个大沙堆。只要看看他那弯着腰的背影，就可以想象到他那竭尽全力的表情。

"今天想跟你谈谈我和你妈妈之间的事情。"内藤郑重其事地说道。

"不必了。"

"不，不是那样，"他像解释误会似的急忙说，"并不是打算作为你归还书信的回报。"稍稍停了一下，他又接着说："你妈妈不在了，书信已经处理了，现在剩下的只有我自己了。如果还这样沉默下去，我觉得那就等于什么都没有发生过了。然而，那些又确实发生过。我们之间发生了一些事情。"

内藤开始平静地讲述他与妈妈之间的事情。我没有插言，只是侧耳倾听。与稍有点夸张的开场白相比，所说的内容本身并不是那么具有震撼性，和预想的差不多。作为妈妈的女儿，我没有什么感到难为情的。与其说他用心地准备了说辞，莫不如说事实原本就是那样。

妈妈在学校时，两个人并没有建立什么特别的关系。虽然互相有好感，但并不是恋人之间的关系。这期间，妈妈大学毕业，离开了学校，到东京的一家公司就业。内藤留在了大学继续从事研究工作。虽然有时还有书信往来，但好像他并没有超越辅导毕业论文的学长身份，妈妈也就是写一些自己作为职场新人遇到的新鲜琐事。就这样又过了五、六两个月,内藤决定去留学了。为了九月能够出发,他开始了繁杂的准备工作。

八月初,留学的准备工作告一段落,在盂兰盆节前后可以有一周左右的完整假期,他就制订了利用这个假期一个人去北海道旅游的计划。因为途中要经过东京,内藤向妈妈提出:如果方便的话,见一次面吧!他的提议是那么有分寸。但是看了妈妈的回信,他又惊又喜。信上写着:利用公司的盂兰盆节假期,自己也想一块儿去北海道转一转。

"难以置信。"他就像是要唤起当时那种心情似的说,"起初我还在想她是不是在开玩笑。一确认,她是认真的。我简直就像是在做梦。不知道你妈妈为什么会有那样的心情,我也没有考虑什么理由。在离开日本之前,当可以一块儿去旅行的可能性摆在面前的时候,我想无论如何也要把它实现。"

"实现了吧?"

我不想去听详细过程,急于知道结论。

"五天的时间里,我们一直在一起。归途中,在东京你妈妈的公寓里又待了两天,加起来一共整整一个星期。那期间就像是着了魔似的。我自不待言，你妈妈也由于迸发的情感太激烈，不能自持。我对自己的身心中还沉睡着如此丰富的感情感到十分惊讶。竟然能够这么喜欢一个人吗？！太幸福了，一想到从今以后，不管还能活多久，都不会体验到这样的幸福了，就不由得感到'现在'这一瞬间令人害怕。"

内藤深深地吸了一口气，又慢慢地吐了出来，然后说道：

"在幸福的顶点，我离开了日本。在飞机起飞的同时，两个人之间的魔法解除了。"

我不由得目不转睛地盯着内藤的脸。

"发生了什么吗？"

"没什么。"他茫然地说，"什么也没有。只能这样说，只是结束了而已。"

闭上嘴的内藤突然看起来衰老了很多，仿佛一个在游泳池里游了几千米的人。他长时间一句话也不说，弓着上身坐在长椅上。

"一个星期里，发生了所有的事情，应该发生的事情全部都发生了。我觉得那一个星期就像是度过了自己的一生。一种预感,也是一场梦……有时候我甚至认为自己的一生说不定只存在于那一个星期。"

在小区的高层建筑之间慢慢落下去的太阳,把内藤的侧脸照得通红。他面向前方,好像是在回忆三十多年前的事情。

"你喜欢我妈妈吗?现在还……"

他考虑了一会儿,回答道:

"如果我说还一直暗暗地想着你妈妈,那故事可能就太浪漫了,我必须走我自己的人生道路。因此我必须拂去对你妈妈的回忆。"

他看着自己放在膝盖上的手,一会儿又翻过手掌,像是身患麻痹症的老人一样,反复地屈伸着自己的手指,然后又像原来一样把手规规矩矩地放在膝盖上。

"但是,那是不能忘怀的。"他好像对自己的话有点犹豫,"和一个人邂逅,那之后的人生就和那个人分不开了。不管干什么,不管和其他什么人生活，总是感到那个人在旁边。所谓邂逅，一定就是这样的吧！"

男孩子可能是厌倦了玩沙子，现在走到了秋千那儿，正不知如何对付自己一个人对付不了的秋千。应该把内藤归还给男孩子了。可是，他依然坐在长椅上不愿动弹，呆望着黄昏的树丛。

"从结局讲，我们的人生也许是由没有实现的东西决定的。"他好不容易又开了口，语气中有一种虚无感，"去旅行时，走在一条环境优美的街道上，就会想要是能两个人住在这里该多好！一起去河滩散步，一起去海边……我总是想象那样的情景啊！"

在我的心里，顽固的芥蒂好像在消除，好像整个身心都被失去妈妈的纯粹悲痛夺走了。由于一个男人的登场而现身的妈妈，现在又要和他一同走开了。就这样，从孩童时代就熟知的妈妈又回到了我的身旁。我曾经失去过她。

"该过去了吧！"

我站起来，向前一看，男孩子在荡秋千。可

刚才还因为不能自由操纵秋千而焦躁地摇晃着身体……当然,内藤也注意到了,但他什么都没有说。我们只是默默地看着男孩子。他用戴着矫正器具的脚向前踢着,晃荡着秋千。柔软的头发在黄昏里随风飘扬,看起来心情非常愉快。看来不去管他,他就可以那样飞向远方了。

"对了。差点儿忘了重要的东西。"内藤从夹克的口袋中拿出了一个小信封。

"是什么东西?"我接过来看了看里面。

我不由得抬起头来,他点了点头。

"和你妈妈有关的东西,现在在我手里的,就剩下这个了。到了海岛上,请把它撒到大海里。"

# 10

爸爸坐下午的飞机来到海岛。我们坐在面向大海的宾馆阳台上。这里摆着桌子和椅子，可以边看大海边吃饭。由于是一个已经过了旺季的星期天，客人很少。服务生送来饮料之后，就退回到室内去。疲惫的太阳正要把它那火热的身躯沉降到大海的那一边。大海在支离破碎的阳光的照耀下，闪闪发光。在远方的珊瑚礁上，白色波浪起伏。白色的巡航船在外海游弋。

"天气预报说明天要下雨，"爸爸拿起了杯子，对着太阳举在眼前说，"能出海吗？"

"我已经预订了一条能坐四五个人的小船。"我一边用食指肚抹掉沾附在杯子边缘上的盐，一边回答，"又不是去潜水，我想只要海上的风浪不大，就能开船出海。"

"阿刊你已经潜过了吗?"

"是的,在上午。这个季节,只有上午早早地才能潜水。"

"潜入海底的心情怎么样呢?"

爸爸叫来站在阳台入口处的服务生,要了新的鸡尾酒。在饮料送来之前,我们都默默地看着大海。水平线上还残留着夕阳的余晖,与低垂的云朵形成鲜明的对比。海面已经暗了下来,几乎不剩一缕阳光。过了一会儿,防波堤上小灯塔的灯亮了。

房间后面就是大海。涨潮的时候,海水就会沿着旅馆的外墙涌上来。因此,白色的墙壁上附着很多小贝壳。我头枕在枕头上,睡不着觉,辗转反侧。透过灰泥墙壁,可以听到微微的波涛声。快到黎明前的满潮时分了,该是潮水涌上来的时候了。近处的细小波浪和远方珊瑚礁处的波涛发出的声音让人感到大海的辽阔。永不停息的大海,在外海游戏的海豚,在波涛上摇曳的月光……海水慢慢地涌起,越过珊瑚礁进入了滩涂。波浪在枕下喧闹,一会儿就到了身旁。

透过墙壁传来的波涛声与心脏的跳动声重合在一起。遥远的过去，在妈妈肚子里的时候听到的也是这种声音吗？突然，我听到了一个声音，那是什么在小声地呼唤。是栖息在那里吗？在那冰冷的大海里。是和潮水一道来的？潮水的喧闹声大起来了。很多鱼在夜海里游着。一条海蓝色的身体上有一道银线闪烁的鱼儿变成了妈妈，既没有重锤也没有脚蹼地在鱼群中游着。我拼命想追上去，但是，大脑提醒我这里不是自己的海，这里是别人的海。鱼儿们游向远方，妈妈并没有注意到我。我不由得出声叫了起来。

"妈妈……"

呼吸器脱落了，苦涩的海水涌进嘴里。从胃到咽喉，恶心与恐怖一块儿涌了上来。鼻子就像要烂掉似的疼痛。全身瑟瑟发抖，眼里流出了泪水。我拼命地对自己说：

"没事，没事的！"

然而，恐怖还是摆脱不了。我扑腾着手脚，心想这样下去就要被淹死了。周围全是一片寒冷的青色，我迷失在其中，都不知道自己是谁了。而且在无际的青色中，我变成了一叶小小的碎片。

自己的喊叫声惊醒了自己。走到阳台上，天空一片浓厚的紫色。好像已经停止涨潮了，暗黑的海水一直涌到脚下。大海还没有从睡眠中苏醒过来，就像是泼洒的果冻一样，蔚蓝色一直延伸到远方的珊瑚礁。从已经开始发白的东方天空到还暗黑的西方天空，蓝和黑的浓淡结合形成一幅寂静的图画。一只硕大的白鸟在珊瑚礁上轻轻掠过。这时，脚下的海水摇晃着身体，发出了轻轻的响声。水平线已经白亮，耀眼的光芒在海面上成扇状扩展。光彩夺目之中，蓝色逐渐加重。昨天的大海，今天又苏醒过来了。

小雨中，我和爸爸乘小艇出海。我们在甲板的阳棚下坐着避雨。从离港到现在，两人就几乎没有开口说过话。我们都沉浸在自己的思绪之中。而且，船的发动机声音太吵了，也不方便说话。回头一看，刚刚穿过的珊瑚礁背后，浮现着美丽的南方小岛。岛上几乎没有山，从这里看去，整个岛看起来就像一个倒扣着的盆子。岸边有白色的宾馆,港口设备齐全,一派漂亮的游览胜地景象,但岛的大部分现在仍然是人迹未至的处女密林。

过了珊瑚礁之后,天空慢慢明亮了起来。披着一层薄薄阳光的大海,缓慢地向滩涂运送着潮水,海上一片平静。像锁链一样相连的珊瑚礁外侧,一片黑蓝。沿着珊瑚礁的边缘往前走,就到妈妈溺水的地方了。

大海已经是一片秋色了。要是穿上潜水衣的话,水温还是适合潜水的。可是,附近的潜水点看不到潜水爱好者的影子。

"这里就是……"我说。

爸爸点了点头。发动机停止后,就能听到波浪击打船体的声音了。椅子下面放着在宾馆让人分好的花束。爸爸拿起它递给了我。

"爸爸来撒放吧!"

爸爸顺从地把花束投入大海。红色玫瑰和白色木菊的花束漂荡在波浪间,爸爸目不转睛地看着它们。往远处看,平稳辽阔的海面,看不见岛影,在水平线的那一面,是白色的亮光。在那片光亮中,一对我们不认识的男女热烈地拥抱在一起。他们没有姓名,没有面孔,甚至没有年龄。不是谁得到了,也不是谁失去了。不是哪个人的东西,承诺了,却没有给予。一切都是在那让人不能正视的匿名的领域上演的瞬间独幕剧……这些幻想都被波浪间闪烁的阳光轻轻击碎。海风吹入身体深处。

我从防寒夹克的口袋里取出茶色的信封,里面有几根长长的头发。

"那是什么?"爸爸惊讶地问。

我没有回答。它们现在连妈妈身体的一部分都不是了。我用手指捏起头发,在海风中举起。头发像是缠在了手指上,上下飘动。内藤说那一年北海道很冷,虽然是八月份,夜里冷得也要穿上毛衣……经过三十多年的岁月,夏天终于要结束了。

"再见了。"我低声说着,松开了手指。

它们乘着海风,飘向远方,没能看清它们究竟飞向了何方。

鸟不言死

# 1

在医院里,所有的人都在谈论疾病。

我住院的医院边楼里住的都是传染病患者,其中大多数患的是病毒性肝炎。几乎所有的患者都有这样的经历:十多年来炎症反复发作,肝脏的状态逐渐恶化,最终变成肝硬化或肝癌。去年我住院的时候,同住一个病房的患者是一位七十多岁的老人。他也是慢性肝炎患者,从三十多岁开始就反反复复地住院、出院。最近几年肝脏上长出了小癌块儿,每当此时就从大腿的动脉上插入导管,注入药物杀死癌细胞。杀了一个又会出现另一个,所以总是过几个月就必须再次接受相同的治疗。

患病之后,最痛苦的就是总感到自己的未来受到了限制。未来我就是这样一个人:每两个月就要做一次内镜检查,和肝癌形影不离。在休息室和放有电话的大厅里,患者们凑在一起谈论的都是各自接受治疗的内容,并以此来了解自己的病情现在发展到了什么程度、今后将怎样发展等这样一些对现状的认识和对未来的预测。对于年轻的患者来讲,现在在这儿的就是十年、二十年之后的自己。而对于年老的患者来讲,他们就是往昔的自己,不久也会来到自己现在所待的地方。

以前我的身体一直很健康。除了龋齿,没有看过医生。虽然已经年过三十,但是头发还是茂密浓黑,常年喜欢穿的Levi's牛仔裤的腰围都保持在二十九英寸[①]。每星期去练习三次剑道,和摄影师出水建立了建设性的恋爱关系。人生蒸蒸日上。一边在一个补习学校做数学老师,一边写小说,其中一部即将由一家大的出版社出版,内容讲的是一个男人要用数学的方法来证明神的存在。作品获得好评,又有三家出版社与我新约了稿。

在补习学校,每年春天都要进行身体检查。因

---

① 英寸:1英寸=0.0254米。

为不太相信集体检查的精确性，所以我总是找适当的借口逃避检查。在学生时代的延长线上，稀里糊涂地瞎混，不知不觉中已经三十五岁了。虽然身体的状态依然良好，但是由于周围有一些人得了大病，于是就想至少进行一次血液检查吧。一个星期后，来了通知，说要进行复查。据说是肝功能值不在正常范围之内。第二次检查的结果也是一样。又做了进一步的检查，查明是病毒性慢性肝炎。不知道是什么时候感染上的。因为没有做过手术，所以可能是出生时垂直感染的，但由于妈妈已经去世，便也无从确认了。

"这不是一件浪漫的事情。"我看着对疾病不甚了解的出水说，"来源于已经不在人世的母亲的病毒，竟然现在还在体内完好地活着……"

"可我认为这是一件怪诞的事情。"

"我一定尽最大努力保护你。"

"你就当作一件与你无关的事情吧！"

谈到性交会感染的时候，她说："就像艾滋病。"当然，没有艾滋病那么严重，因此也就没有得到艾滋病那样的同情。想到过去没有什么问题，我想大概是体内有了抗体了吧！但是为了慎重起见，还是决定使用安全套。真扫兴，被小小的病毒治住了。真不愧是来源于母亲的病毒。除此之外，我对所患的病就只有对病的不安以及有病这样一个概念。

# 2

肝炎有规律地反复发作。转氨酶的正常值在三十以下,到了活动期就变成了三百以上。即使是严重的炎症发作的时候,也几乎没有自觉症状。我也一样:一直到诊断为肝炎为止,我都在教一个高六英尺①的美国人学习剑道。

教罗伯特学习剑道非常费力。他腕力特强。白白的大力水手一样的胳膊上密密地长满了金色的长毛。他考虑的只是用他那没有品位的胳膊挥起竹剑去击打对手。

"罗伯特,剑道不能用腕力。竹刀只是挥下,不是用力砍,是把举起的竹刀落下。只是自然地落下……明白吗?"

---

① 英尺:1 英尺 =0.3048 米。

"明白了,能不能让我再击打一下头部?"

"好!"

呀——

"看吧!你打的声音不对嘛!"

"为什么呢?"

"你胳膊用力太大,多余的力量抹杀了竹剑的重量。所以,剑尖发出的声音就不清脆。"

"清脆?什么是清脆?"

"就是竹刀打出的声音不清脆。"

"噢,真难!"

罗伯特和我在同一个补习学校,他教英语,也就是他谋生的职业是英语教师。然而,他好像认为劳动是必需的。他说:"人生是艺术。"为了使人生具有创造性,他埋头于各种各样的嗜好和技艺——爵士乐、赛车、摩托车、瑜伽、陶艺、俳句等,后来都厌烦了,这回又是剑道。当然,不久他也会对剑道感到厌烦的。

是我把罗伯特引荐给了出水,那是确诊为肝炎后不久。不知道为什么干了那么愚蠢的事情。是向这个干什么都没有常性的美国人炫耀一下自己恋爱中的恋人吗？出水自己一个人住在公寓的十一层楼上。我们乘着像出殡队伍那么缓慢的电梯往她的房间去。"要是发生了火灾该怎么办呢？"罗伯特担心地说。敞开的走廊里放着自行车。一按门铃，出水就来给开了门。我郑重地向她介绍了罗伯特。

"初次见面！"

"很高兴能认识你！"

出水很漂亮。由于快到夏天，她好像又改变了发型。每当夏天临近时，她都改变发型，并且，以四年或五年作为一个循环周期。我们坐在面向阳台的沙发上。由于阳台上挂着防鸽子的网，外面的景色都是带着绿色的。出水给我们冲了咖啡，拿出了自己烤制的奶油点心。我们吃着点心，谈论鸽子。

"总而言之，鸽子粪太多了。"她说，"不管怎么清扫，都马上堆得像小山一样。"

真有点儿沮丧，没想到出水竟是个卖弄风情的女人。

"开始的时候，画个大眼睛什么的，做了各种尝试，都不行，没办法只好用网罩起来。可是真讨厌呐，就像是被关在了笼子里。这一切都是因为鸽子。"她拿起放在沙发上的弹弓，"惹我生了气，就经常用这个打。"

之后，出水就跟罗伯特谈起了照相。

"真是不可思议！抓住一瞬间的光线，就能把这个世界上或许不存在的光景固定在纸上，我感到一种很奇妙的喜悦。这究竟是怎么一回事儿呢？说不定拍照片就是在说一个不大不小的谎言，是为了逃避自己。"

喂！喂！出水，你从什么时候开始变得这么婆婆妈妈的了？她还在继续谈论照相。她说，她想用照片捕捉的不是物，而是光。重要的是要找到合适的光，拍摄物什么都行。山里有很多好光线，到山里去就是为了这个。白色的云海反射的光线，倾注在陡峭山崖上的太阳光……远景几乎引不起她的兴趣。不是引不起兴趣，而是有意识地排除了。因为对任何人来说，远景都是有魅力的。拍摄物本身就是有魅力的。要是半瓶子醋技术的话，照片的魅力就要逊色于拍摄物的魅力了。所以，她不拍远景。最近热衷于连续捕捉散落在森林中的光线，厚厚积攒的落叶、润湿的石子、腐朽的树干……几乎都是垃圾一样的东西，她把它们用高感光度的黑白片拍下来，再进行普通的彩色处理，这样就拍出美丽的深褐色的照片。

"那里挂着的就是吗？"罗伯特兴趣盎然地问道。

"还只是小小的习作呀……"

"真是一幅好照片。"

"谢谢！"

出水用旧的莱卡相机给罗伯特拍照片。他一边说着"真有点儿不好意思"，一边不经意地摆着各种姿势。

"她可是说过只拍垃圾的呀！"我小声地跟他耳语。

"我就想成为她的垃圾。"罗伯特说。

这个狡猾的美国佬！

"到阳台上去吧！"

我们在阳台的桌子旁喝着花草茶，眺望着绿色屏障下的景色，可以看到远方的火山在喷烟。白烟直冲云霄，和上空的雨云混成一体。我想象着火山口的雨景：雨水击打在火红的黏稠熔岩上，雨滴一瞬间就变成了水蒸气，上升到灰色的天空中。出水还在给罗伯特拍照片。

那之后的时间友好而迅速地过去了。我们听着莫扎特的长笛协奏曲喝茶。到了傍晚，出水叫了外卖，有寿司，还有芝麻豆腐。因此，我就不得不向罗伯特说明芝麻豆腐了。这种麻烦事，自从在广岛吃杂样煎菜饼以来还没有过。那时候，我给他解释说："就是蛋、素菜等的日本式杂烩……"我们边吃寿司边喝啤酒。芝麻豆腐好像不合罗伯特的口味。

所谓的"人"是什么？从食物链的观点来看，人类处于"吃而不是被吃"这样一个对于其他动物来说绝对不平等的立场。就这样，正如《创世纪》中所讲，我们支配大地，使海里的鱼、空中的鸟、地面上爬行的一切生物都处于从属地位。我一边思考这些问题，一边吃着对虾。对虾总是让我产生厌世的情绪。

到阳台上去看雨。公寓下面是一个小公园。它的旁边有一条水沟一样的小河流过。透过路灯的灯光可以看到雨点正落在公园的草坪、树木、滑梯和秋千上。看雨看了很长时间。我感到,现在下的不是雨,而是我自己。无论如何都只能认为它是我自己。我同化成所有的东西——雨、风、天空中飘动的云……

到了夜里,我又一个人来到阳台上。雨从黑暗的天空中落下,经过室内灯光的照耀,又重新溶入黑暗中。向下看,雨滴在不断变小。我一直用目光追逐着那些雨滴。于是,我的目光也就与雨滴同时落下,它们碰到汽车的发动机盖后破碎了。罗伯特和出水在谈论什么话题呢?我把从房间拿出的弹弓对着黑暗,用力拉动皮筋,从罩网的网眼中把银色的弹子射了出去。弹子冲破雨幕飞向黑暗,马上就看不见了。

# 3

最初住院的时候,主管医生曾考虑给我使用干扰素。这种药具有强烈的副作用,会让人产生发热、倦怠感和呕吐等症状,有的人还会出现抑郁症状。如果服用了,我想我无疑会自杀。我把我的想法告诉了医生,医生暂缓对我用药。他对使用这个药物也有疑虑,因为我带有的病毒并不是使用这种药就能够提高治愈率。因此他决定先注射抑制炎症的甘草酸,观察一段时间。

之所以说我会自杀,是有根据的。明确了是慢性肝炎之后,医生就告诫我,首先不能喝酒。过去的人生是与酒同在的。喜悦和悲伤,与人吵架和泡妞,不管是好事还是坏事,都离不开酒。不能喝酒,我就像是一匹被骗了的种马。而且,医生还说,在病情稳定之前剑道也要节制。使用了安全套之后,和出水的性生活也不和谐了。在这种情况下，要是再使用说不定会使人陷于抑郁状态的药物，那不就是给即将熄灭的蜡烛再吹上一口气吗？

虽然没有使用干扰素，炎症一个多月后却自然消失了。那是去年冬天的事情，那以后有一段时间情况很好。暑假结束，第二学期开始后，病毒又开始活动了。转氨酶持续上升，十月份检查时，竟超过了五百单位。于是，医生说，一有床位，就要来住院。虽然血液检查的结果很差，但在住院前，我一直过着和平时一样的生活。我并不认为自己是病人。疾病几乎没有给我带来什么障碍。酒、剑道和性生活都控制了，为了即将到来的停课，在补习学校的授课比过去更加卖力，小说也在继续往下写。

然而，从住院的那一天开始，我就完全成为一个病人了。办完住院手续，刚把东西放在病房，护士就立即把医生带来了。那是一位刚刚分配来的年轻医生。他在病房进行了简单的问诊，当场下了住院医嘱。护士在旁边记录。我个人的病历夹已经准备好了。主治医生离开之后，刚才的那个护士搬来了一个折叠式轮椅,在病床前把它组装起来。

"干什么呀?"我吃惊地问道。

"现在去照胸部和腹部的X光,"她看起来很高兴,"完了之后再去做超声波检查。"

"我说的是这个轮椅呀!"

"啊,这个嘛,"她看起来好像觉得我孤陋寡闻,"医嘱说要在病房静养,如到病房外面去,就必须坐着它。"

"是你推着去吗?"

"是的。"她握着轮椅的把手,脸上带着微笑,"那么,请!"

"没问题呀!你看这个!"我打开病床下的纸箱子,里面满满地装着书,"刚才是我自己抱着它来病房的呀!"

"这是规定。"她无可奈何却又很坚决地说道。

医院很大,要去的检查部很远。我们乘电梯上上下下,在走廊里左拐右拐。

X光检查室在医院最里面的地方。昏暗的走廊里,放着一条长椅,那里有两三个患者在排队等着检查。她向接待人员提交了病历,然后在我坐着的轮椅旁边坐了下来。她穿着白大褂的胸前挂着一个像驾驶证一样的名签,上面附有彩色照片。

"鲛岛小姐。"我小声地读着名签上的名字。

"啊?"她有点儿吃惊地回头看我。

"很容易记的名字嘛!"

鲛岛护士轻轻地笑了笑。

"从很早开始就对自己的名字讨厌得不行,"她说,"现在还是讨厌。鲛岛,也太难听了吧!"

"是吗?"

"我爸爸出生在鹿儿岛。他说那一带这个姓还不少。"

"下面的名字呢?"

"春菜。"看来她无论如何也不能不冷淡地对待自己的名字,"姓氏粗俗,至少也可以把名字搞得可爱一点。你不觉得这种企图是显而易见的吗?这是我们家的传统。我姐姐叫明日香。明日香加春菜。可仍然是叫鲛岛,给患者的印象不好吧?"

"这些都看你怎么想了,"我尽量以亲近的语气说,"并不是大家都有像弗洛伦斯·南丁格尔一样的名字。我想,光是名字可爱,但和实际情况差距过大的话,反倒会给患者造成很大的冲击。"

"也许是吧!"

过了一会儿,检查室叫到了我的号。

"那,咱们去吧!"她说道。

这次住院,主治医生比以前更强烈地劝我使用干扰素。他的说法是,在炎症的多次反复中,肝脏的纤维化也在发展,使用药物的话,即使不能达到完全治愈的效果,也可以延缓病情的发展。当然,我自己也不愿意变成肝硬化患者。但是,我更不愿意从医院屋顶跳下来。而且,即使治疗奏效能延长几年寿命,可副作用的影响又会缩短几年寿命,一加一减就成了零。我就找了各种借口,又一次逃脱了干扰素。

因此,整个上午,在注射了甘草酸之后,就几乎没有什么事了。除了开了克拉维酸钾,也没有开其他药。我把满满一纸箱书和一台笔记本电脑搬到病房里。我想在住院的时候尽可能地写一点儿小说。

文艺界现在是供给过剩，说不定作者的数量比读者还要多。对于我的作品，即使是心怀好意的出版社，也不会总是耐心等下去吧！

还是在当学生的时候，文学部的朋友们办了一份同人杂志，我也应邀写了一些数学方面的随笔。有的是把从自然数到复素数的数学概念引申比喻为人的一生，有的是使用集合论来解释博尔赫斯的作品，有的是把对列维-斯特劳斯的神话结构分析往群论上套。这些随笔都受到了好评，于是朋友们就劝我写小说。

"够呛。"我说，"小说这东西一次也没写过，就连想写的念头也没有过呀！"

"没有必要把它想得那么难，"他说，"从早上起床到晚上睡觉前干过的事情、想过的事情，把它们写成文章就行。就是写所谓的没有事件的小说。我对你的日常生活感兴趣。听洛克、解《数学研究》上的问题、读斯宾诺莎、练习剑道、养猫……"

猫？对了，应该把猫的事情写下来。我养的猫是只三岁半的公猫，是暹罗猫和日本猫的混血种。

名字叫卡尔·弗里德里希·高斯。过去,要是有一两天不在家,我就想方设法让它自己对付。在洗脸池旁的便盆里预备好纸浆猫砂,饲料盒里多多地放上猫粮,它就独自优哉游哉了。要是有三四天不在家,就把它寄放到附近的兽医那里去。但是,送到兽医那里去,卡尔总是极度恐惧。因为那儿总是有几条住院的狗,而且它两年前在那里接受过阉割手术。去年我住院的时候,是托出水照顾它的。可是,现在她和罗伯特去了美国。要是送到宠物旅店,那费用可是了不得。要是寄托一个月,送来的高额账单可能比我的住院费还要高。穷鼠啮狸,于是决定把它寄放到姐姐家去。她和我住在同一个城市,有一对双胞胎的九岁男孩。我想让他们来给我照顾猫。

"岂有此理!"姐姐说,"我们家本来就养着两只野兽啦!也许你还不知道,男孩子简直就是小野兽。再给我弄只猫?开玩笑!不行!还是让你的朋友什么的来给你养吧!要不就找保健所吧!"

"饲养动物对孩子的情操教育……"

"那是大白天说梦话。刚才我也说了,孩子就是野兽。野兽,明白吗?还有什么情操教育?他们脑袋里只有吃喝、玩耍和破坏。你把猫弄到我们家试试,我可以保证,绝对不会原样还给你。"

总之,眼下,不管会有什么样的不幸降临到卡尔身上,也只有把它推给姐姐了。说到朋友,我没有一个朋友可以寄养一只已经失去睾丸的三岁半公猫。而且,虽然姐姐嘴上是那么说,但她基本上是个善良的人,小时候她连一只蚂蚁都不能捻死。住院的那天,我把猫装在篮子里,叫了辆出租车。我拆开金属笼子,把猫砂和猫粮一起装进手提箱。

"再见了,卡尔!"在出租车里,我对它说,"我们的前途黯淡,但是要是能活着的话,还能见面。"

"喵——"

# 4

病房是两个人一间的。我住院的时候，对面的床是空着的。但是，过了三天，来了一个患者，年龄和我差不多，叫时枝。他的病情相当严重。据说一周前他食管静脉瘤大出血，好像一时处于病危状态，好在医生们采用内镜硬化疗法，成功止住了血。因为没有进行手术，所以恢复得很快，几天后就转到了普通病房。

"情况怎么样？"等推他进来的护士离开之后，我问我的同屋。

"正如你所看到的。"他生硬地回答。

"如果你有什么事……"

"现在还没什么，谢谢！"

看来他是不想跟人讲话。然而，和这样的重病患者同住一个房间还真让人受不了。如果半夜发了病该怎么办呢？当然我知道有呼叫器，按一下枕边的按钮，立即就会有应答，紧急的时候，护士就会以百米冲刺的速度赶来。尽管如此，可是在旁边的病床上躺着一个和自己年龄相仿的重症病人，这真让人丧气。

医院的早饭从七点开始，到了时间，膳食部的人就把全体患者的饭装在手推车上，送到谈话室的前面来。我们就像吞噬死尸的鬣狗一样，围着手推车，拿上有自己名签的餐盘，回到病房去吃。我因为一般都是六点左右就醒了，洗完脸到吃早饭这段时间就躺在床上看书。大约过了三十分钟，时枝也起来了。

"早晨好！"我努力轻松地说，"情况怎么样？"

他吐掉口中的漱口水，用和昨天一样的冷淡口吻说："不好呀！"

都说医院的饭菜味道很差，可我并不认为有那么差。不，甚至有时候还认为是相当不错的。为了享受人生，必须抛弃先入为主的观念，必须摆脱意识的束缚，获得自由。要忘掉现在是在医院里，单调的耐热塑料器皿也要从脑海中消除。抛弃杂念，客观品味，医院里饭菜的滋味也就与国民宿舍的晚饭不相上下了。而且，不管怎么说，在单调的住院生活中，一日三餐不是每天最大的科目吗？口里说着"在不自由的生活中要尽量享受所给予的一切"，实际上却因菜谱亦喜亦忧，这样不是与自己过不去吗？一整天总是躺着，可一到了时间，肚子就饿，也令人烦恼。大概是体内的生物钟里安装了饥饿定时器吧！

餐盘里的饭菜，根据患者的不同，多少有些差别。我是"肝C"类的特别饮食，早晨是一片半面包，加上牛奶和水果。时枝的食谱和我一样。

"真是无可争议的垃圾食品啊！"

我扫了他一眼。时枝在若无其事地咬面包。难道是自言自语吗？我又继续吃自己的饭。

"加了起酥油的面包，再抹上人造黄油。"他又说了一句。

"怎么了？"

"就像是在吞噬致癌物质。"

我不由得看了一眼自己手里的面包。

"人最坏的饮食,就是加了起酥油的面包抹着人造黄油吃了。"他毫无表情地边吃边说。

"啊?是吗?"

"从理论上讲是这么回事。"

我还从来没听说过这样的事情。

"明知道是这样,可你现在还在往加了起酥油的面包上抹人造黄油呀。"

"我的肝脏上已经有十几个小癌块了,即使现在对致癌物质再注意也没有什么意义了。你是癌症吗?"

"我想目前还没问题,不过……"

"要是那样,还是别吃这里的早饭了。至少不吃人造黄油。"

"我已经吃了呀!"

"明天开始也不晚。"

接着,他就滔滔不绝地向我讲起了有关量子力学、边缘效应理论、自由基、活性氧和反式脂肪酸等方面的知识。第二天早晨,我就把人造黄油扔入垃圾箱，从小卖部买来了草莓酱抹面包吃。

时枝的病是先天性的，一般认为除了肝移植以外，没有其他治疗方法。他的病和慢性肝炎一样，一点一点地发展到肝硬化或肝癌，最后，大多是因为肝功能衰竭或食道静脉瘤破裂而丧命。他是在大学时发病的，那以后病情缓慢地向前发展。大学毕业之后，感觉倦怠的时候逐渐多了起来，并经常出现黄疸。住院频率增加，每一次住院的时间也越来越长。出院过正常的生活时，又总是被皮肤瘙痒困扰，与抗组胺药物须臾不离。他也因此不能有固定的职业，就在自己家里开办了补习学校。但是，几年前，补习学校也办不下去了。现在是反反复复地住院出院、出院住院，每年一多半的时间要在医院里度过。他说他的病被指定为国家疑难病症，治疗费用全额报销，所以经济上倒是不用担心。

他没有谈及家庭的事情，我也没有问，但看来独身一人是一定的了。在我写小说的时候，他就躺在床上用立体声耳机听音乐。在书架上摆着的CD，几乎都是古典音乐，其中更多的是室内乐和器乐曲。有的时候他也看书。有一次我发现他看的是《围棋名局细解》，就告诉他，我对围棋也稍有心得。从那一瞬间起，对于他来讲，我就成了亲密的不可多得的朋友。

我开始学习围棋是在上小学的时候。因为缺少对局的对手，父亲就强迫我学下棋。最初由于是被迫学，我非常不愿意。可是在吃掉对方的棋子，扩大自己地盘这样的游戏特性的刺激下，我很快就入迷。也可能是因为头脑还简单，所以理解也快，棋艺进步很快。但是，升入初中、高中，进入青春期后，我就开始听起了摇滚乐，对围棋这样让人心情烦躁的东西就敬而远之了。进入大学以后几乎就没有摸过围棋。所以，说是会下围棋，其实只不过是懂得下法而已。

时枝马上取出了折叠式的十九路棋盘，装棋子的盒子非常漂亮。我预感到有点麻烦了。

"从星目开始吧！"他像是在试探我的水平。

我不知道时枝的棋力，有点儿不高兴。

"还是先不让子吧！"

出于礼貌，让对方执白，我先手开始下棋。时枝的棋艺非常厉害，大概有业余二三段的水平吧！很快就终局了，我大约输了一百目。

"来星目的吧？"他再次小心翼翼地问道。

"那么，就从让六子开始，每局重新调整让子吧！"

从此，每天杀一局就成了习惯。最初的一个星期很惨。让六子的时候勉强可以获胜，让五子的时候很难受，到了让四子的时候就完全不能赢了。从第二个星期开始一点一点地找回了感觉。虽然如此，让三子时是连战连败，让四子时也只是偶尔赢一局。但是，在硬挺着下的过程中，我的棋艺逐日增强。半个月以后，我就能够判断对方的招数了。

时枝的棋风漂亮，不打隐匿棋，都是光明正大地进攻。那大概是因为他的基本功都是来自《布局指导》和《围棋名局细解》等书。比如，仅就序盘而言，他能够像名人一样布子。最初的时候，我不能判断他的规矩招数，反复失败。但是，那也是他的极限了。不管怎么读细解，棋艺在达到一定水平后也不会继续提高的。这和虽然读了名著，但写不了好文章的道理是一样的。读和写不是一回事儿。为了写出好文章，必须要写坏文章。同样，要想棋艺提高，必须手拿棋子下臭着。

在这一点上，我是连续出臭着。被围上了就一个劲儿地逃。不断地被围，结果是对方的地盘不断地扩大。也不光是臭着，一局中也能下出一两手禁着点。在正式的比赛中，下出两个禁着点就判负了，就不能下下去了，所以在时枝的提醒下，我又重下。一切都是这样。比如，我不懂子的死活，而时枝能够正确判断这一切。

"那是死子。"

"还没有啊！"

"已经死了……"

"噢！可不是嘛！"

同样，我也看不出终局。

"终局了。"

"瞎说吧！"

"已经结束了。"

"是吗?"

又下了八手,我终于明白确实已经结束了。在时枝看来,我的棋一定是下得毫无章法。就这样,在不屈不挠下的过程中,就具备了类似基本体力的东西。于是,缺点也就变成了长处。

要想战胜时枝,需要一点窍门,那就是故意卖破绽。最初是按棋谱来,然后,再往下下的时候就卖个破绽。时枝被打乱了定式就会不知所措,在混战之中,我就有了主动。每逢我下子的时候,时枝就皱眉头,我就越来越上劲儿,而他就脸红脖子粗。让子逐渐减少,后来,我就可以先手取胜了。而且,由我执白的日子终于到来了。

"和专业棋手的棋力不分伯仲啊!"在把白子交给我的那一天,时枝凄凉地说,"据说初段和九段之间的差距最多也就是两个子。为了增强半目,他们都要废寝忘食地练习。这和我们几周就增强五六个子,完全是不同的境界呀!"

当然,他的台词只能听作不服输。

## 5

星期天下午,姐姐带着孩子们来看我了。我已经在小卖部买好了点心,并在电视室的冰箱里冰了饮料。双胞胎兄弟大的叫"将义",小的叫"隆义",他们姓"兵头"。如果用汉字把整个名字写出来,就像是战国时期的武将名字。但是,姐姐平时都是简单地叫他们"将——"和"隆——"。我在喊名之前总是有点儿犹豫——当然,姐姐是不会的。他们的面貌和体态是那么相似,在入学考试的时候,大概就是替考当枪手也不会被发现。

双胞胎兄弟是什么心情呢?是不是总觉得在另一个地方还有一个自己存在呢?或许觉得自己并不完全是自己吧!也有可能两人的心情都是别人想象不到的吧!我想等他们长大后好好问一问他们。

那先不表！当前,两个人都热衷于蒙克①的《呼号》。可能是从国语教科书什么地方看到的,他们好像大受感动。也就是把嘴张成一个大大的"O"形,双手夹着脸庞,瞪圆了眼睛,脑瓜顶冲向天空。他们每次遇到什么事情都这样干,弄得姐姐相当不安。终于,姐姐跟他们说:"找地方玩儿去吧!"把兄弟俩赶出了病房。

二人出去后,我们开始谈猫的事情。

"总之,很能吃啊!"姐姐说,"就知道吃和睡。就是这些。是不是猫都这样?"

"大部分猫都是那样吧!"我回答道。

"看来是相中了电热毯,在那上面长长地伸着腿,完全没有什么警惕性。猫到了这个地步,就完了。"

然后就谈起了疾病。

"我想还是进行一次肝炎检查的好。"我说,"如

---

① 爱德华·蒙克(Edward Munch):1863—1944,挪威画家。主要作品有《呼号》(又译《呐喊》)、《红葡萄藤》、《桥上少女》、《生命之舞》等。

果是老妈传来的病毒,阿姐感染的可能性也很大。有时候是所谓的'无症状携带者'。"

"我没问题,怀孕时检查过。"

"结果呢?"

"没说什么呀!如果感染了的话,该给孩子们打疫苗吧?"

"那么说,老妈是无辜的了?"

"这么说起来,她可是去献过血呀!在那个叫雌狮子俱乐部的地方。"

究竟病毒是从哪里来的呢?我们就更加迷惑不解了。过了一会儿,俩兄弟进到病房里来了。

"我们该回去了吧!"姐姐对他们俩说。

告别的时候我给他们兄弟俩零花钱,他们立即给我表演了蒙克的《呼号》。

"总之,你也有病在身,该考虑成家了。"

"出院后,我就加紧进攻。"

我在病床上发出蒙克的"呼号"。

当天夜里,我浑身发冷,全身的关节都疼痛,还有点儿轻微的恶心。住院后转氨酶也还在不断上升。虽然没有出现黄疸,症状却近似急性肝炎。对注射甘草酸的反应,也没有上一次好。或许还是应该使用干扰素。炎症拖延的话,肝脏的纤维化就会相应地发展。纤维化的部分是不能再生的,那是不能恢复的疾病。

闭上眼睛努力想睡着,可我的脑海里却想起了和出水分别时的情景。进入九月份以后,罗伯特突然决定要回美国去。他的出生地是五大湖旁的一个小城市。据说他父亲是个在当地开业的律师。出发那一天,我决定和出水到机场给他送行。他在住的公寓前等着我们。我们乘出租车去机场。罗伯特的行李箱很大,不能完全装进后备厢。车就开着后备厢在路上跑。

到的时间过早,离登机还有两个小时,我们就上三楼的餐馆去喝啤酒。跑道上,各家航空公司的飞机在不停地起飞降落。餐馆使用的是隔音玻璃,所以几乎听不到飞机的声音。没有声音的飞机看起来就好像能用手抓起来放飞一样。

"回到美国后还继续练剑道吗?"我问他。

"打算坚持下去,要练到能够感觉到竹刀和竹刀间有'气'为止。"

"那可要花上十年的时间啊!干什么都没常性的你能办到吗?"

罗伯特深沉地微微笑了一下,说:"要是能找到一个好道场就好了。"

出水几乎没有说话,只是呆呆地看着跑道。过了一会儿,到了登机时间,我们就下到了二楼大厅。正站着说话的时候,开始登机了。罗伯特拉着沉重的行李箱走向登机口。我们按常规做了告别寒暄。

"多保重!"

"你也多保重!"

他伸出大力水手般的手和我握手。

"喂!不要用那么大的力气嘛!"我回握着说。

"又不是在击剑!"

这之后,出水向我说了声"再见",我"啊!"的一声,非常惊讶。她提着一个小手包。

我像傻子一样站在那里。六英尺身躯的背影缓慢地走过通道。出水向工作人员出示了机票,快步通过登机口。她只回头看了我一次，脸上带有不好意思的笑容。然后，她的身影就无情地消失了。

在返回的出租车上，我看到了从跑道上起飞的飞机。不知道那是不是他们乘坐的飞机。飞机超越了出租车飞向高空，转眼间就从窗外消失了。不过出水为什么跟罗伯特到美国去了呢？我们还约定要在十月份一起去听鲍勃·迪伦的演唱会呢！可……她打算去美国干什么呢？是打算到雨雾中的五大湖去钓大马哈鱼吗？我越想脑子越乱，躺在了出租车的后座上，闭上了眼睛。我看到了飞向蓝天的银色喷气式飞机。出水的模样已经想不起来了。

# 6

规定是下午两点测体温。这个时间，病人各自测量自己的体温后报告。鲛岛护士来的时候，我们两个人正在下棋，已经完全把测体温的事情忘了。赶紧把体温计夹到腋下，又面向了棋盘。病床和病床之间是一米左右的过道。我们就把带小轮的桌子放在中间，把棋盘放在上面，坐在两边的床上下棋。她看到我们抱着胳膊盯着棋盘的样子，莞尔一笑。

"怎么了？"我问。

"没什么。"她低着头，强忍住笑。

我们又继续对局。棋子敲打棋盘的声音听起来很清雅。鲛岛护士以一种不太沉稳的动作不断地看手表。

"差不多行了吧！"

我从腋下拿出体温计递给她。

"有点高啊！"

鲛岛护士稍稍皱了皱眉头，把测量结果记入了病历。

"那是因为你进到屋里来了，"我说，"总是两个男人在一起，偶尔看到女人就会发烧……"

她没接话茬。

"情况怎么样？"她亲切地问时枝。

"马马虎虎。"

他递上了体温计。

"有什么事儿，就说一声。"

一直到走出房间，她都没再往我这边瞥一眼。

"不认为有点儿不错吗？"

"什么？"

"鲛岛护士呀！"

"啊……是啊！"

"不喜欢这种类型的吗？"

"那倒不是，"他的样子有点儿发窘，"还是把它下完吧！"他又把话题引向了围棋。

一时间我们沉默不语地继续下棋。对局渐入佳境。执白的时枝走出了个小飞，我认为是一口气。

白棋展开为边星,黑棋在另一侧布下了三连星。白棋又杀向了一个新角。又啪啪地下了二十多手。我还在考虑鲛岛护士的事情。

"不认为在生气的时候很靓吗?"

"啊?"

"她呀!"

"噢,也许……是吧!"

"以后,时不时地逗逗她生气吧……"

在五十手之前,我的棋路是很规矩的。没有臭着,黑子的阵式很漂亮。但是,走到最后,下了一着致命的臭棋,子被吃掉,输了。

我把矿泉水倒入电壶,把插销插入插座。上、下午我分别用滤纸滤一次咖啡,这已经成为我单调的住院生活的一个小小仪式。时枝呆呆地望着窗外。为了增强严肃气氛,每当递上咖啡时,都要说上一句有关咖啡的警句,这已经成了习惯。于是我说:

"热咖啡可以与真正的友情媲美。"

他回过头来:"谁说的?"

"瑟伦·克尔恺郭尔①。"

"那他一定喜欢咖啡。"

"不介意的话,请!是加了人造黄油的。"

我从箱子里拿出姐姐来时带的饼干给他。然后,我们谈论起克尔恺郭尔:单方面解除与雷吉娜的婚约的不可思议的经过;正因为爱才不能结婚的颠倒理论;她成为别人的妻子后,还不断想着她,奉献了自己的全部作品后死去;一个难以理解的思想家;对自己的诸多不一致之处……

"时枝先生是独身吗?"

他犹豫了一下,回答:"是的。"他又问我:"你呢?"

"还几乎是童贞呢!"

说完以后就有点儿后悔了。因为可以想得到,时枝从学生时代就病病快快地反复住院出院,应该是真正的"童贞"。但是,他出人意料地告诉我:

---

① 瑟伦·克尔恺郭尔(Soren Kierkegaard):1813—1855,丹麦哲学家。

"过去我也有未婚妻呢!"

他的话让人很难一下子相信。因为刚刚才谈过克尔恺郭尔,也许时枝先生要把自己的人生润色得浪漫一些。但是,尽管存在这些疑问,我还是不动声色、故意夸张地说:

"真的吗?"

"说是未婚妻,可实际上不是正式的,仅仅只是两个人的约定而已。"

"不错!不错!"我探出身去问,"什么时候的事儿?"

他说是高中时代的同学。相亲相爱的两个人考进了同一所大学。她在药学部,时枝在工学部。

"那后来怎么样了?你该不会像克尔恺郭尔那样,单方面解除婚约了吧?"

时枝默默地看着窗外,可以看到稀疏的竹林。竹林的那一边是停车场。过了一会儿,他自言自语地说道:

"我们没能走到一起。"

"为什么?"

"不知道。"他像是说给自己听似的,"总之是分手了。我们之间发生了好多事情。"

我等着时枝说出"好多事情"来,可他好像是想收场了。

"她结婚了。现在应该住在一个遥远的城市。虽然她的姓氏变了,可我还总是想着她。"说到这里,他无力地笑了笑,"这样就更像克尔恺郭尔了呀!"

每天在同一个房间里睡觉,吃着同样的东西,就产生了一种莫名其妙的一体感。这与其说是友谊,莫不如说是一种类似预感的东西。缠在两人身上的疾病,最终结局是相似的死亡。看来,时枝已经走近结局了。尽管如此,平时他几乎让人感觉不到他面对死亡的动摇和郁闷。

有时候,我自己想:是不是他和我对疾病和死亡的感受不同?当我听时枝谈论自己的病情时,就会感到癌症听起来就像是没什么了不起的伤风感冒,或者最多也就是阑尾炎一样的小病。这让我既感到羡慕,又感到有些美中不足。

"医生想给我切除。"有一次,他在床上吃饭的时候对我说。

"真不幸。"

"但是,我还在犹豫。"

"要是他们想切除的话,是不是还是让他们切除比较好?"

"他们想切除什么随便,但是,一旦被切除的是自己的身体……"

时枝放下筷子,把盛饭的碗盖上盖子。煮的菜几乎没有动过筷子。

"从二十多岁开始,我就一直在思考死亡的事情。"他背靠着枕头,喝着清茶对我说,"那可是思考得都要中毒了呀!病情发展下去会出现什么症状?肝衰竭、食管静脉瘤破裂、肝性脑病……我设想了多种情况,反反复复地在头脑中进行模拟。"

说到这里,他停了一下,看了看我:"因此,我对自己的死亡已经没有任何感觉,真的是什么都感觉不到了。一定是因为习以为常了,因为在想象中自己已经死过几万次了。"

我暧昧地点了点头。

"可是,还是想康复的吧?"

"这我可不知道。"

"说'不知道'是什么意思?"

医院提供的病号服的前襟开了,露出了时枝单薄的前胸。

"假如自己只能是自己的话,那么,只能是绝望了。因为正如你所看到的那样,我已经被致命的疾病缠身。但是,珍惜自己的人一定还在哪里活着,我感到这是很大的安慰。"他看着我,像是要评估自己说的话的作用似的,"我这样说,你能理解吗?"

"啊,差不多。"我把所剩不多的饭大口扒进嘴里。

"现在,我们在吃饭。或许那个人也在什么地方和谁在一起吃着饭。然而,和她在一起吃饭的人可能并不知道自己度过的每一个瞬间是多么重要,是多么宝贵。不经意的一个时刻包含着非常重要的东西,包孕着强烈希求而又不能实现的、非常重要的东西。他是不会知道这一点的。"

# 7

姐姐打来了电话,说是近一个星期以来卡尔没有精神。有时候早晨该吃的东西,到晚上还剩着,明显瘦了。孩子们也在为它担心。

"大概是暂时的吧!"我轻描淡写地说,"猫粮喂的什么?"

"什么呢?你拿来的已经没了,我就从超级市场买来了同样的东西呀!"

"那可能是吃腻了。总吃一样的东西,就会腻的。"

"真奢侈,一个猫还……"

"给换点儿别的吃吧!有那个罐装的吧,价格有点儿高。偶尔也喂喂它那个吧!"

"知道了。"姐姐在电话的那边一时没有说话,"听说喂那种罐头的话,一个月花的钱比做罐头的工人的工资还要高呐!好像是泰国还是什么地方的工厂生产的。这不有点儿可笑吗?"

"是啊!"

"所以,怎么办呢?全日本养的猫要是都吃了粗食,泰国生产猫粮罐头的人可就都要失业了。"

"是呀!可是,这事儿……"

"我知道了。"姐姐打断我的话,"我给它喂罐头就是了,不用担心。还有,你好吗?"

"好啊!"

"你在吃医院的饭吗?"

"正吃着呢!"

"要是连你也不吃东西的话,那我可就照顾不过来了啊!"

外科医生想切除时枝的癌块儿,内科医生担心肝功能会衰竭。他的肝硬化已经到了相当严重的程度,所以切除一部分的话,肝功能就会有降到低于维持生命的必要水平的危险。即便切除顺利,不久之后肝部也很有可能重新长出癌块儿来。医生用血管照影详细检查了他的内脏器官之后,内科医生和外科医生进行了协商。结果，医生认为危险太大，手术暂缓进行。

另一方面，我的转氨酶开始下降。持续上升的时候，让人感到怎么治疗都没有效果，可一旦开始下降，就下降得让人很高兴，每三天查一次血已经成为我的一种乐趣。主治医生说，这样的话，这次的肝炎可以治愈了。而且，他劝我在炎症消除之后，做一次肝活检，以了解真实情况。我犹豫了。既没有一种可靠的治疗方法，又要通过检查明确病情，总是让人感到有点儿荒谬。这种病，目前还不能完全治愈。即使看起来好了，说不定也是病毒处于休眠状态，或许还会开始活动。未来不经过时间的考验是无法知道的。

由于漫长的住院生活，我已经彻底变成了一个病人。在暖融融的病房里，身心都麻木了。对回到吃什么、穿什么都要自己一一去考虑的生活里，我已经觉得麻烦了。在医院里没有必要考虑这些。一切都是别人考虑的事情，采血时间、吃饭时间、巡诊时间、检查时间、洗澡时间……患者只是被动地执行就行了。

"你有时会不会觉得自己身处沙漠?"我把装着咖啡的杯子递给他,说道,"住在这里,看到的和接触到的,都感到亲切。还经常想起孩童时代的事情。"

时枝默默地盯了一会儿咖啡杯上冒出的热气,说道:

"医院就是这样的地方呀!一般来讲,这里是没有光明和未来的。在这里,病人们会很怀念自己健康的时候。时间一长,就变得习以为常了,就会觉得有病是理所当然的,没有病的自己反倒不是自己了。病就是自己本身。这样,作为病人,就是一个完完全全的病人了。"

"你是病人中的高人呐!"

他默默地喝着咖啡,过了一会儿,又说:

"因为总是想治好,所以才烦恼。要是抛弃了那样的想法,这里可就是无可比拟的地方了。不管怎么说,起码不用工作呀!"

我把杯子里剩下的咖啡喝掉后,又从咖啡壶里倒了一杯新的咖啡。

"再来一杯?"

时枝轻轻地摇了摇头。

"我觉得我再也不能从这里走出去了。"他说,"不由自主地就会这样想,长时间待在这里的话……"

"是待的时间长了才会有那样的想法吧?"

"或许吧!"

可看样子他是没有听懂我说的话。

"一定能找到好办法的。"我说。

"是呀!"他又一次无精打采地附和着,之后又接着说,"大概人是不能一个人悄悄死掉的。鸟类吧,不知道什么时候就动弹不了了,在树根下变凉,这该有多么轻松!它们泰然自若去做的事情,我们人类却做不到。这就是问题的所在。"

医生决定对时枝使用从肝动脉注射抗癌剂的治疗方法。因为是直接将药物注入患部,所以要比通常的全身给药效果好,而且副作用也小。治疗后,肿块开始缩小,肿块附近的血液也慢慢开始流通了。有血液流通就能进行栓塞疗法,阻断癌细胞的营养供应。这一疗法取得了戏剧性的效果。十天后的影像检查表明,肿块已经缩小到原来的三分之二。又过了两个星期,肿块就只有原来的二分之一大了。

# 8

出水给我寄来了圣诞贺卡。她可能在美国做了整容,面部完全变了。"所以,下回即使见面,你也不认得我了!"她写道。喂!出水,即使是在过去,我也不能说是认识你的呀!就连我自己的事情我都不是很清楚。

平安夜那一天,姐姐给我打来了电话,说卡尔得的是癌症,说是在咽喉那里有一个很大的肿块,以前被毛覆盖住没有看到。

"最近这两三天一点儿也不吃食,我就把它带到附近的兽医那里去了。"姐姐哽咽着说,"头和胸之间的地方有一个硬块儿。医生建议说,做手术也很痛苦,给它打针,让它安乐死吧!我告诉他说,我不是主人,不能决定,这才打电话给你的。你看怎么办呢?"

"你和那个兽医说,总之在我出院之前不要注射。明天要进行肝活检,现在出不去。我原来是准备得到检查结果以后再出院的,既然这样,先出院再来看结果也行……"

"可不要太勉强了!"

"没问题。重要的是,在我去之前先不要注射,这可千万要叮嘱好了呀!"

"明白了。"

时枝已经恢复得不错了,能够吃随晚饭一起送来的圣诞节小蛋糕了。

"你马上就出院了吧?"

"时枝先生精神好了,真让人高兴。"

"我要寂寞了!"

他不由得有些阴郁。

"怎么样?来一局吧!"

我们把棋盘铺在带轮小桌上,开始下棋。棋下得很没有意思,两个人好像都在考虑和下棋无关的事情。执白的时枝突然把手停在半空对我说:

"一想到反正也活不了多久了,就连交朋友都嫌麻烦了。"他的声音听起来异常平静,"不是讨厌人,而是懒得去交朋友了。"

"我好像能理解。"

"这可能就是所谓的'空虚'吧!"

他"啪"地落下了棋子。

"所以,能这样和你同住一个房间,真是感到幸运。"

"我也是……"

执黑的我,攻势凌厉,就要收官了。棋子连成一片,官子范围很大,所以两个人表面上都认真地面向棋盘。我们又默默地下了二十多手。

"在你出院之前,我有话要对你说。"他说。

"什么事?"

"下完这盘棋跟你说。"

结果,时枝在阻止了我的小飞之后,无法再往下下,他输了。他收起了棋盘,我将暖水瓶里的水倒入茶壶,沏了茶。时枝拿着茶杯,长时间凝视着窗外。外面已经黑下来了,窗玻璃上映出我们盘腿坐在床上的影子。

"你看,我们坐在公共汽车上,在街上跑着吧!"他像是回到原来的话题似的说,"从窗户可以看到寺院,又可以看到白墙内挂满红叶的树木。我曾经想,能够一起在这样的地方看红叶该多好,哪怕只有半个小时也好。"

"是说前几天说过的那个人吧?"

他无言地点点头。

"可以什么也不干。手不相碰,也不互相说话。只是两个人坐在屋檐下,默默地看着庭院就行。我觉得我就是每天想着这些事情才坚持下来的。"

我喝着茶,模棱两可地附和着。他问我:

"所谓喜欢一个人,是不是就是有一个人喜欢上了谁?"

"什么意思?"

"比如,我喜欢上了一个人。那种心情,是我的吗?是我的所有物吗?"

我没有回答他,他又继续说:

"假如是那样的话,那么'喜欢'这种心情应该是能够根据自己的意志和情况舍弃的。但是,有的东西是想舍弃也舍弃不了的。虽然不需要了，但是又不能一下子丢掉……"

"这种情况有很多呀！"

"是啊！是不是'喜欢'这种心情不是自己的？也就是说，感觉好像是存在于自身的，但实际上，它并不存在于自身，而是从另外一个什么别的世界来的东西。是不是这样？"

"说的是'喜欢'这种心情吗？"

"所以，想扔却扔不掉，它永远存在着。就是我死了，它还存在着。原本就不在我这里，是与肉体无关的东西。"

我想到了出水。我是喜欢出水的吧！是的，我是喜欢她的。但是……又怎么样呢？

"我曾经想到过死。"时枝说，"她同情活不长的我。两个人因为都很年轻，所以精神上已经到了崩溃的边缘。"

"具体一点？"

"好，具体一点。净是谈论怎么去死了。"他像追寻遥远的记忆似的说道，"就像是一对年轻情侣在制订结婚典礼和新婚旅行计划那样，没有悲怆感，反倒是一种莫名其妙的高扬情绪。两个人都被一起去死这样一个念头迷住了。据她说，市面上卖的普通药大量服用几乎都会导致死亡。我以前说过她是药学部的吧！"

"说过。"

"我们把哪种药含有哪种成分，致死量是多大，都详细地写在一张纸上，计算所需要的药量。"时枝停顿了一下，像是在回忆当时的情景。我的脑海里浮现出两个计算死亡的年轻人，一幅具有浪漫气息的构图：在一个寂静的房间里，两个年轻人头挨着头，盯着药的成分表……

"碰巧我寄宿在一家药店的二楼，带包饭的寄宿。店后面就是学生们的食堂，早晨和晚上都在那里吃饭。和店铺只隔着一层玻璃。虽然夜间是上锁的，但是在房东睡下后，进去应该是不难的。药店同一种类的药是不会放很多的，特别是像安眠药之类的药物。但是，收集多种含有相似成分的药物并不是那么困难。光是安眠药就有多种，再加上精神安定剂、镇痛剂、止咳剂和止吐剂等等,足以达到两个人的致死量。"说到这里,他长长地叹了一口气,"我从根本上相信了她所说的话。"

"怎么了?"

"不够。"

"啊?"

"看来她作为药剂师还不够优秀啊!"

"是吗?……因祸得福呀!"

"总之,按她说的,碰到什么就拿什么,偷出了很多药,几乎把药店里的药都搬光了。我拿着这些药就去了她的公寓。首先,两个人洗了澡,这是因为觉得在死之前必须要清洁自己的身体。"

"后来呢?"

"喝光了一瓶红酒,是那种便宜的桃红色的酒。一边喝着酒一边把偷来的药放到一起。因为想喝得容易一点,就把片剂碾碎,把胶囊里的药倒出。就这样凑了一饭碗。当时想,不管怎么说,吃掉这些就能死掉。"

"那么多药,是怎么吃下去的呢?"

"把酸奶倒入一个小盆儿，再把药搅进去，然后用调羹你一勺我一勺地喝了下去。为了中间不吐出来，我们吃得很慢。她放了一盘莫扎特的音乐带。想起来真可笑，马上就要死了却还在听莫扎特。也许又是很合适的。两个人都是很认真的。把药和酸奶一起喝到肚里后，我们到了床上。为了中间不至于因痛苦翻腾而分开，我们用绳子把身体绑在了一起。"

说到这里，他突然停了下来。过了一会儿，又接着说：

"是的。"

"怎么了？"

"我忘记说一件重要的事情。"

"什么呀？"

"还定好了暗号。看棒球赛时，领队或教练不是那样嘛！下面用触击、击跑配合战术……"

看我一脸惊讶的样子，他向我解释道：

"所以呀，是为了到天堂以后，马上就能互相认出来。死了之后，名字、长相什么的，不是有可能会忘掉吗?好不容易见了面,却互相认不出对方,那该多麻烦。所以就决定要定好暗号。"

"确实如此。"

"暗号很简单。用手摸鼻子是'喜',轻轻地拽耳垂是'欢'……"时枝回忆了一下,笑了起来,又接着说,"两个人又做了几次。我摸了她的鼻子,又摸了她的耳朵。她说痒痒。接着,她摸了我的耳朵和鼻子。就这样,准备就绪。一种清爽的感觉。莫扎特从音响里播放出来。我想她是设置了反复播放。现在还记得那首曲子,那是《第27号钢琴协奏曲》。威廉·巴克豪斯[1]钢琴演奏,卡尔·贝姆[2]指挥维也纳爱乐乐团。当时想,这里就是天堂吧!莫扎特很美。音乐的美妙,那一次是空前绝后的。后来就意识模糊了。睁开眼睛一看,已经过去了整整两天。当然是失败了。她损伤了肾脏,不得不进

---

[1] 威廉·巴克豪斯(Wilhelm Backhaus):1884—1969,德国钢琴家,也是20世纪初伟大的演奏家之一。

[2] 卡尔·贝姆(Karl Boehm):1894—1981,奥地利著名的指挥家。

行透析。我的肝脏比原来更坏了。大约过了一个星期,两个人都出院了,她被领回了家。"

说完这些后,时枝噌噌地挠他那从病号服下端露出的脚。

"大约过了半年,又和她见了一次面。"他毫无表情地接着说道,"我们决定不再见面了。"

"为什么?"

"因为再见面说不定又要想去死。"

"不能重新再来吗?"

他考虑了一会儿之后说:

"我曾经想过带着她去死。不仅杀死自己,连她也杀掉。那样一个我,怎么能和她在一起呢?我想我们今世的缘分,在那一刻已经结束了。"

我站起来,拉上了房间的窗帘。当重新回到床上的时候,我已经不愿去寻找刚刚听到的故事结局了。又过了很长一段时间,就像是要重新点燃余烬,时枝说道:

"我们偶然又碰到过一次,是在车站的站台上。她在轨道对面的站台上,她、她的丈夫,还有两个孩子。

我想他们可能是在等上行的电车。我在等下行的电车。因为只是隔着一条路轨,所以她也马上发现了我。我们默默地看着对方,就像是两个完全不认识的人那样,就像是两个在什么地方碰到过又怎么也想不起来的人那样。不久,广播响起来了,她乘坐的电车就要进站了。我突然想了起来,就做出了曾经约好的暗号,用一只手摸了摸鼻子,又摸了摸耳朵。电车进站了。一瞬间,我们的目光相遇了。她好像在流泪,又好像在冲我微笑。就要确认的时候,她和她的家人一起上了电车。"

## 9

进行肝活检的那一天,我被安排到护士值班室旁边的房间。不吃早饭,从九点半开始打点滴。十点,负责检查的医生来到了房间。据说是肝活检方面的专家。他用叩诊确定了肝脏的位置后,在我的右肋骨上用彩色笔做了标记,在要扎针的地方进行了两次麻醉注射。第二次注射的时候已经感觉不到疼痛了。医生让我屏住呼吸。在接着的一瞬间,感到右下肋骨间"吱——"的针刺感。医生立即把针拔出,说:"好,完了。"也就两三秒的时间。护士用吡咯烷酮碘把刚才穿刺的部位消了毒。消毒完毕后,刚才穿刺的医生和护士一起把我身体翻转成右侧朝下。需要保持这个姿势一个小时。

迷迷糊糊,意识朦胧。好像在刚才的点滴中加进了抗生素,同时也加入了精神安定剂。物体的轮廓模糊,只能听到风的声音——不算是声音的声音。甚至连躺在床上的自我都不能控制,只感到像影子一样的东西充满世界,极度的孤独包围着我。我以按压穿刺部位的姿势静止躺了一个小时之后,医生叫我还要再静止仰卧五个小时。左手上还扎着点滴针。右腕上带着全自动血压计,设计为每三十分钟自动测量一次血压。进入浅睡状态后,要是到了测量时间,气囊就会压迫右腕,我就会醒过来。开始时,我还计算何时才能解除静卧,但是慢慢地时间的感觉就模糊了。不知是第几次睁开眼睛的时候,窗外飘起了雪花。

护士不时地来观察情况,中间还曾拿掉穿刺部位的纱布,用吡咯烷酮碘给我消了毒。护士的白大褂里散发着淡淡的香水味,使我感到了片刻的幸福。我想起了小时候摔破膝盖后,给我抹红药水的保健室老师。自从决定进行肝活检以来,我就暗中期待由鲛岛护士来负责。可是,她一次也没有在病房露面。一定是今天休息或者是上夜班。我努力想记起她的名字。明日香?不,那是她姐姐的名字。她的名字……春菜，鲛岛春菜。想起了鲛岛护士对她自己名字的执着，我在闭着眼睛的状态下，咧嘴笑了笑。我浮想起汉字"春菜"，它和那香水味道一样，使我感到了片刻的幸福。

睡了一会儿，我被尿意憋醒。不知什么时候，右腕上的血压计已经被拿掉了。虽然左手上还扎着点滴针，但并不是不能推着输液架去厕所。我慢慢地下了床，找到自己的拖鞋，套在脚上，推着输液架向前滑动。走廊里，灯光明亮，可是并没有一个人影。每个病房的门都紧紧地关着。电视室里也是空空如也。我感到奇怪，在从卫生间回来的时候，到护士站去看了看，里面没有一个人。桌子上，就像交班时那样，摆着住院患者的蓝色病历。几台电脑的电源也都没有切断。

不管是走廊里，还是病房里，都是静悄悄的，没有一点儿声音。不单是这附近没有人，好像人都从这个世界上消失了一样。我走在寂静的走廊上。这时，我发现我听不到自己的脚步声了。我不由摸了摸耳朵。在住院期间，为了保证夜间的睡眠，使用了耳塞。但是，耳朵里什么也没有。

我和时枝的病房在走廊的尽头。门关着。在一块白色塑料牌上，用黑色万能笔写着我的名字。然而，另外一块应该写着时枝名字的牌子不见了。它被拿掉了，框里是空的。我有一种不祥的预感，忐忑不安地推开了门。

时枝的病床周围挂着乳白色的帘子。我觉得里面确实是有人。背后有什么东西在膨胀，单薄的帘布在轻轻地摇动。我从缝隙往里面看了一下。一对老年男女坐在床边，正透过窗户望着稀疏竹林里不断降下的雪花。乍一看，两个人都七十多岁，互相把手搁在对方的膝盖上，头也不回地盯着庭院。女人坐的地方离我很近，她是一个美人，颊骨很高，面部轮廓清晰，头发花白，没有化妆，但是还保持着年轻时的风韵。

不久，就感到刚开始那种七十多岁的印象是错误的，两个人都是五十多岁，最多也就是不到六十五岁的样子。是夫妇吗？因为遮藏在女人的身后，男人的面孔看不清楚。但是，他们营造的气氛感染了我。看来他们是超越了时间的界限，静静地变老了，但还保持着两个人邂逅时的样子。这里没有岁月带来的倦怠感，也没有日日夜夜反复沉积下来的厌世情绪，也完全感受不到死亡和磨灭的气氛。

男人隔着女人的肩头朝我这个方向看，目光与目光相遇了。一瞬间，我好像是被卷入了经历几十年岁月的、一种让人眼花缭乱的强烈印象的旋涡。

"时枝……"

睁开眼睛的时候，窗外仍然在飘着雪花。我呆呆地望着雪景。护士进来告诉我解除静卧了，就是那个给我消毒时散发着淡淡香水味的护士。她一边往下摘戴在我手腕上的全自动血压计，一边对我说："辛苦了！"点滴还剩下一点儿，我推着输液架去了卫生间。有一种重复梦境的感觉。但是，病房楼内的情况与刚才不同了。护士们忙碌地从一个病房到另一个病房，电视室里也有几个患者在看电视。我觉得肚子有点饿了，就从冰箱里拿出酸奶喝了几口，还嚼了几个干果。

## 10

在我做肝活检后的第三天,时枝的病情突然恶化。平时早该起床了,可是过了早饭时间他还不起来。我叫他,他说从半夜起胃那个地方就开始疼,不能动弹。当他站起来想去厕所的时候,他突然用手捂住了上眼皮的地方,无力地坐回到了床上。我问:"怎么了?"他说:"站起来时脑袋发晕,一瞬间眼前发黑。"

我立即用呼叫器喊来了护士。来的是鲛岛护士。一量血压,非常低。我和她对视了一下,她眼神严峻。一会儿,主治医生来了。鲛岛护士报告了事情的经过。时枝因为疼痛,话都说不好。医生对我说:"要进行处理,请暂时离开一下。"

我在医学部的院内散步,走进了附近的咖啡店。店内的暖气过强,让人感到太热。我坐在了窗边的桌子旁,要了一杯咖啡。我明白时枝的病情不容乐观。血压降低怀疑是由消化道或者内脏出血导致的。出现肝硬化症状的肝脏生产血液凝固因子的能力下降。在这种状态下,要是出血的话,有害物质就会大量溶入血液,引起肝性脑病。

想回到病房去了解一下情况,可又害怕面对现实。我毫无目的地在院内走动。医学部的建筑物都很破旧,有些地方还残留着庭院。在学生食堂旁边,有一个长有很高喜马拉雅杉树的庭院。我站在一棵看起来是最高的树下面,往上看,杉树挺拔,直耸入冬季蔚蓝的天空。我把手掌放在树干上,过了一会儿,情绪稳定了下来。

要返回的时候,发现脚下躺着一只死鸟,是只比麻雀稍大一点的野鸟。在堆积的落叶上,鸟儿双眼紧闭,身体已经冰冷。我想起了时枝说过的一句话:人不能像鸟儿一样泰然自若地死去。鸟类的死亡不叫"死"。确实如此。把它叫作"死",就是一切恐怖和不安的根源。但是,同时,为了超越不可避免的死亡,人类不是又发明了一个叫作"爱"的东西吗?

我用树枝在地上挖了一个小坑,把鸟儿埋了。为了不让野猫把它刨出来,还在上面放了一块尽可能沉的石头。

回到病房,时枝已经被转移到别的地方去了。他的床已经被整理得整整齐齐。一问鲛岛护士,她说为了制止出血,现在正在进行硬化疗法。

将近黄昏的时候,时枝被担架车送回来了。他静静地闭着眼睛,像是在睡觉,医生和几个护士陪伴着他,气氛凝重。我在走廊的角落里目送着担架车,和上午说疼痛时截然不同,他的表情很安详。就这样,他被送进了我接受肝活检的那个单间。

当天夜里,我去看望时枝。房间内有三个亲属。第一次看到的老妇人,看来是他的母亲。另外一个以前曾来看望过时枝的中年妇女,据说是他的叔母。和我同龄的一个男人,是他的一个什么堂兄弟。我简要地介绍了一下自己,走到了床边。

"感觉怎么样?"

"好多了。上午想可能就要死了。"

"快点好起来,还要一块儿下棋哪!"

他微微笑了一下,手腕上扎着输液和输血的针管。输液架上挂着输血袋,那是陈年葡萄酒一样的黑红色,看起来很黏稠。病床周围放着各种各样的监视仪器。病房里窄得都不能随便走动。

"我想我坚持不了多久了。"他呆呆地望着天花板说,"幸亏上一次跟你说过了呀!"

我握住他的手,拍了拍他的手背。就那样一动不动地握了一会儿。这中间,好像是喉咙被痰堵住似的,他咳嗽了一声。

"没事儿吧!"

时枝点着头深深地吸了一口气,撮了撮嘴巴。我明白他是想咽唾液。他痛苦地上下活动着喉结,松开嘴唇,深深地吐了一口气。他呼出的气息,已经带有死亡的味道了。

第二天下午,我去看他的时候,时枝已经接近昏迷状态了。据说曾一度完全丧失神智,由于注射了氨基酸才好不容易恢复了意识。但是,甚至连他自己是谁都不清楚了。

"知道我是谁吗?"

时枝目不转睛地看着我的脸。想跟他笑一笑,但没能办到。房间中的昏暗也没能缓解我的畏缩。他的双眼已经白浊,眼球也几乎不能转动,连是否看得见都不知道。一个晚上就这样形销骨立了。从微微张开的口中,空气进进出出,发出轻微的声音。这就是那个时枝吗?变化如此迅速和激烈,把我给击垮了。

我在他的床边手足无措地看着他。他几次想摘掉手腕上的全自动血压计的气囊。每当那时,像是他母亲的那个老妇人就安抚他,让他安静下来。但是,过了一会儿,他又抬起上半身想把它拿掉。他边这样做,边时不时地用奇异的眼光看着我,好像很奇怪:"这家伙是谁?"这样的情况反复了好多次。后来,大概是累了,他把脑袋埋在枕头里,安静了下来。看来应该退出病房了。为了表示告别之意,我握住了他的手,他以异样的力量抓住了我的手腕。

"怎么了?"

时枝微微动着嘴唇。

"什么?"

"影子延伸着,"他嘶哑地说,"永远延伸。"

走出病房的时候,像是他母亲的那位老妇人追上了我,向我致谢。

"你也是肝脏不好吧?"

我点了点头,她说:"请多保重!"向我鞠了一躬。我回礼后就想离开,但是,老妇人看来还有话要说。

"暂时可能要很辛苦,请不要太勉强了。"我说了一些不痛不痒的话来掩饰尴尬的局面。

"医生说也就是两三天了。"她压低了声音告诉我。像是要制止心的颤抖,她紧紧地咬着嘴唇。

第二天,我出院了。那天上午我又去看了时枝,就像是和死者做最后的告别。

# 11

卡尔从兽医那里回到了姐姐家中。躺在起居间的电热毯上,它已经瘦得简直不是原来的它了。毛没有一点光泽,原来黑白分明的毛已经混杂在一起,变成了昏暗的灰色。我把它抱在腿上,它微微睁开眼睛看了我一眼,又把眼睛闭上了。身体一动也不动,连叫一声都不叫。不注意甚至都不知道它是否还有呼吸。用手摸了摸它的喉咙处,手上感到有一个硬块儿。

我在卡尔睡觉的起居间里弹了一会儿钢琴。两个外甥都在学习钢琴,他们使用的乐谱叠放在一起。看来他们竟然自不量力地在练小奏鸣曲,里面有莫扎特的 C 大调钢琴奏鸣曲,我就弹了一下第二乐章的行板。没有弹好,总出错。已经一个多月没有摸钢琴了。弹了一会儿就不弹了,取而代之放了一张弗里德里希·古尔达①演奏的同一曲子的CD。

"是莫扎特哟!"我冲卡尔说。快中午的时候,兄弟俩从补习班回来了。学校已经放寒假。下午姐夫也回来了。那一天是工作收尾的日子。我们一起吃了晚饭。给卡尔喂了罐头,可它几乎没有动,连喝水的力气都没有了。晚饭后,我和外甥们玩起扑克。姐夫一边喝着威士忌一边看电视。姐姐为我冲了咖啡。大家都因为卡尔的事情,情绪上有些低落。孩子们都在十点前回自己的房间去了。我洗过澡后也早早地就寝了。电热毯的插头,就决定整夜那么插着。

第二天早晨起来一看,猫已经在电热毯上变凉了,横卧闭眼的姿势和昨天夜里没有什么两样。然而,还是有什么东西完全变了。已经没有呼吸的猫,总是给人一种不自然、异样的感觉。昨天夜里之前,它还是融入日常生活空间的,现在却像个陌生的闯入者,看起来很扎眼。我有一种奇妙的感觉,好像

---

① 弗里德里希·古尔达(Friedrich Gulda):奥地利钢琴演奏家。

是空间里有了破绽一样，缺少了什么东西。

"卡尔死了。"从二楼下来的一个外甥告诉我。

我请姐夫和姐姐允许我把猫埋在院子的角落里。我借来铁锹，在桂花树下挖了一个坑。是靠近北边院墙一个阳光照不到的地方。不管怎么说是在别人的家里，我还是有所顾忌的。而且，埋在土里，哪里都一样吧，只要确认埋在这里就行了。

在土坑的底部铺上了浴巾，把猫放在了上面。我跟站在旁边看着的外甥们说："做最后的告别吧！"两个人都摇头拒绝了。好像是将义哭了，也许是隆义吧！我平静地在尸体上撒上了土。

出院之后我也要每月去医院检查一次。验血是每次都要进行的，腹部超声波是两个月一次。医生告诫我，除了剧烈运动和饮酒，要像普通人那样生活。为了恢复住院前的体力，我决定尽量步行，每天走二十或者三十分钟到家附近的公园或者车辆少的马路上，只是为了走路而走路。在饮食上注意减少肉类和乳制品，尽量多吃蔬菜和水果。早晨只在使用天然酵母的面包上涂抹少量黄油吃。

时间已经进入了三月。在复诊的那天,和平时一样,八点多我就排在了挂号的窗口。诊察结束时已经过了十二点。在一般外来人员食堂就餐后,又结算了医疗费,之后,到病房楼去看了一下。我在病房楼露面是出院以来的第一次,已经有两个多月没来了。出院时忙于乱七八糟的事情,连向多方关照的护士们道谢的时间也没有,这次来诊察时就给她们带了一盒点心。

在病房楼的门口我碰到了鲛岛护士,没有看到其他护士。因为还是午休时间,可能是在轮班休息吧!向她说明了来意之后,她说:"还是先见一见护士长吧!"在鲛岛护士的带领下,我去了二楼的护士长办公室,与发胖的护士长例行寒暄了一番。护士长询问了出院之后的情况。我把每周三次在附近的开业医生那里注射甘草酸,以及每月来定期接受检查等情况告诉了她。

"午饭吃了吗?"下楼的时候,我问鲛岛护士。

"还没有,现在就去。"

"可以的话,一起吃吧!"

她抱歉地说:"我已经订了便当呀!"

"那么,下个月我再来检查的时候……"

"不知道我的排班情况怎么样呢!"然后,就像突然想起什么似的问我,"外面暖和吗?"

我们在夜间外来人员出入口处会合,穿过医学部的院子,向大门口走去。鲛岛护士上身穿着一件网眼运动衫,下身穿着一条已经褪色的牛仔裤。这比平时穿着白色护士服的她看起来更加充满青春活力。

"穿护士服走动太显眼了。"

"看来你的工作很操心劳神呀!"

"也并不是那样。"

广场的记分牌旁边是草坪。草坪上有长椅,就决定在那里吃便当了。我把在小卖店买的一听茶递给她。

"你的午饭呢?"她惊讶地问我。

"其实我已经用过了。在等待结算的时候。"

"是吗!"

"请不要介意!"

"不，没有，"她没有抬头，"好像是强把你拉来的一样。"

"是我邀请你的呀！"

一位年轻的母亲在草坪上带着孩子练习走路。穿得鼓鼓囊囊的孩子，东摇西摆地站起来，朝着母亲伸出双手，走了几步就坐在草坪上了。

"和你一个屋的时枝先生，你走后就立即去世了。"她静静地吃着饭说。

"是吗？"

"你不知道吗？"

"不知道，听他家里人说是要两三天以后的。"

她默默地点了点头："最后的时候，他毫无神智，就像睡着了一样去了。"她用千篇一律的话语描述着时枝临终时的情景。

出院以后，住院期间的一些事情就像是另外一个世界的事情了。和时枝的亲密交往也不例外。在我的脑海里他的印象已经日益淡薄了。

"时枝在临终前，曾给我讲过一个故事。"看着鲛岛护士在收拾吃过的饭盒，我说，"可以说是他的悲恋吧!"

"有关时枝先生的?"她惊诧地看着我。

尽管时枝这么一个人的存在感已渐渐淡薄,但他说过的话永远存在我的脑海里。在我看来,与其说是发生在一个特定的人身上的故事,莫如说是一个更普遍的匿名的故事。鲛岛护士几乎没有什么反应,只是静静地听我说。当我讲完之后,她不动声色地问我:

"为什么向我说这些?"

"为什么呢?"

听了她的话之后,我考虑起理由来。这时,她说了一句惊人的话:

"时枝先生是有太太的啊!"

宛如晴天霹雳一般,我转过身来。

"是结婚了吗?"

"我也是在时枝先生去世后才第一次见到的。好像是长期分居的。"

我非常不好意思。我把从时枝那里听来的话信以为真了,而且,就像是自己的经历一样,感情投入地讲给别人听,而别人讲的话却从根本上推翻了这个故事的可靠性,真是叫人无地自容。

"那么都是他吹牛吗?"

"也许并不是百分之百吧!"

我又以一种不完全死心的想法,去探索微乎其微的可能性。

"可不可以认为是在经历过刚才说的事情之后又和别人结婚了呢?"

关于这一点,鲛岛护士没有回答我。

"在长期住院患者中,经常有人伪装自己的经历。"她说,"我想,这并不是有什么恶意,只是这样来支撑着自己而已。"

"什么意思?"

"大概是因为在社会上已经绝望,必须在医院这样一个特殊的环境里正视自己的人生吧!我觉得这些人用虚构的过去作为心灵的支持,是可以理解的。"

运动场上穿着运动服的学生们在打棒球。外场手高举着戴着手套的手追击球手打出的高球。他没有接住落下的球,周围响起了一片说不清是起哄还是欢呼的声音。

"可是,时枝是从什么地方想起了那样的故事呢?"当喧闹声平息后,我说道。

她考虑了一会儿之后说:"时枝先生是不是有他迫不得已的处境?"

"一个处于困境的人就会说那样的话吗?"

"什么'那样的话'?"

"让人感到有点儿色情的。"

"是不是因为处境困难才变得色情了?"

"说得煞有其事啊。"

"不,不是这样。"她低着头,脸色好像微微发红——也许是我的错觉。

"是在极限的状态下想出的谎言吗?"自言自语表达了我的一种模糊心境。

我们靠在长椅上仰望天空。天空蔚蓝清澈,远处有着淡淡的雾霭。

"不认为天空的那一面有什么东西吗?"

她抬起头来,眯着眼,像是有什么东西晃眼

似的。

"会有什么呢?"

"不知道。但是,我觉得有什么非常宝贵的东西,还在原封不动地保留着。"

她小声地笑了笑。

"怎么了?"

"没什么。"

她又抬头仰望天空。我也继续眺望着远方的天空。

"眼睛看痛了。"鲛岛护士好像是为了湿润一下干涩的眼睛,眨了眨眼,"该回去了。"

不知道是谁先站了起来。两个人谁都没有开口,顺原路返回。她把饭盒和空罐扔进垃圾箱,说:"那么,我们就此……"

"请多保重!"

"我还要去住院处哟!"

她轻轻地低了低头就走开了。我冲她的背影喊道:

"鲛岛小姐!"

她停住脚步,回过头来,像平时一样皱着眉头看着我。

"你还没有改你的名字吗?"

她脸上是一片无忧无虑的笑容。

"暂时嘛……就这样吧!"

肩上的长发随风飘动。我觉得那吹进淡绿色运动衫的风,就好像是我自己的风一样。

# 九月在大海游泳

# 1

巨大的岩壁上刻画出一条清晰的棱线。空气清新澄澈,不含有任何杂质。在这个攀岩场里,一切都看起来那么清澈。

周作整理了身上的装备,在腰间的安全带上系上保险绳,做着攀岩前的准备。在他进行这些作业的时候,刘谷默默地观察着伙伴的动作。攀登者绝对不能有任何精力不集中、系不好保险绳的情况,这是攀岩的基本准则。周作最后穿上了攀登靴。

"核心就是在往第三颗螺栓上套钢环的时候,"刘谷告诉他,"要果断地震荡身体,把右脚蹬在岩缝上。"

"明白。"

仰望即将攀登的岩壁,周作由于阳光晃眼眯缝着眼睛。不规则的、尖突的岩石表面杂乱反射的光线，使整个岩壁像冰晶一样闪闪发光。这里有遥远冷漠的白昼孤独。他想现在就一个人去进行挑战。

"那么，我上去了。"

"小心！"

长约二十米的路几乎都是垂直耸立的岩壁，到处散布着石灰岩特有的因侵蚀而形成的攀登点。通过路线图和在地上的仰望，事先已经组织好了整体的动作，剩下的就是按计划移动身体了。周作用三点固定住身体，用一只手的中指和食指谨慎地摸索头顶上方的凹凸，利用靴底的摩擦力抬起了身体。小石子在陡峭的岩壁上滚落的声音，听起来很大，显得很不自然。除此之外没有任何声音。这里只有紧紧贴在岩壁上的自己，甚至连在下面保护他的刈谷，都从他的脑海里消失了。

没有坠落的恐怖。只要把精力集中在眼前的岩石上，那么，两米和二十米就没有什么两样。他感到今天的攀登空前地顺利。手很敏感，就像是能弹奏出美妙音符的钢琴家的手，攀登靴中的脚趾头透过靴子，吸附在石灰岩的微小凹陷中。几乎感觉不到疲劳,也没有出汗,反倒是越往上登就越感到体温在下降。这时的感觉就像自己飘浮在一个真空的世界里。他甚至有一种错觉:即使松开抓住岩石的手,也还是能这般飘浮在空中。

接近终点了。离最后一颗螺栓还有三米,脚下是整块倾斜的岩石。周作利用脚下的摩擦力四肢并用地往上爬。终于到了能够够到螺栓的位置了,横向摆动了一下上身,想往螺栓上挂钢环。就在这时,攀登靴脚尖一滑,身体失去了平衡。想矫正姿势的时候,已经往下坠了。腰间挂的金属器具发出了刺耳的响声,头盔脱落,在岩壁上撞跳着滚落下去。

"万万没想到会在那个地方掉下来。"刈谷一边用放在草地上的煤油炉烧开水,一边不解地说。

周作发呆地看着前方的岩壁,觉得就在身旁的刈谷非常遥远,心情很奇妙,就像是只有自己一个人存在似的。他想,大概是还没有完全从坠落的打击中恢复过来吧!

"掉下的高度有多少?"

"有个五米左右吧!"刈谷把盛有咖啡的铝杯

递给周作。

"不管怎么样,幸亏没有受伤。"

云朵遮住了阳光,石灰岩的岩壁暗淡下来了。岩壁上,红、蓝两根保险绳与地面垂直地耷拉着。周作的眼里是一幅自己静止着的残像。仅仅在一瞬间,就失去了平衡,身体开始坠落。刈谷在下面适时地采取了保护措施。因为坠落了五米多,所以,他在采取保护措施的瞬间应该是受到了相当大的冲击的。周作拾起了脚边的头盔。看来是刈谷不知什么时候给自己捡过来的。头盔表面有坠落时碰擦岩壁留下的伤痕。他用手擦去沾附在上面的石灰岩粉末,然后慢慢地抬起了头。

在五月的阳光中,远方的山脉曲线清晰。树木的绿色一齐映入他的眼帘。现在是一年中最美丽的季节。光线柔和,天空透明澄澈,没有一点儿云翳,一只不知名的小鸟在展翅飞翔。听不到它的鸣叫声,倒是可以听到它掠过岩壁的风声。那听起来像是某个人的声音,很熟悉,却是没有听到过的声音。

"我好像问过你吧,为什么光画天使的画呢?"

周作突然问道。

刈谷不情愿地回过头来。

"因为看到过。"

"看到天使？"

刈谷默默地点了点头。

"你不是刚才也看到了吗？"

"没有。"

"大概是五年前了，"刈谷接着说道，"正好也是攀登这样一个岩壁，从相当高的地方掉了下来。在坠落的过程中，她一直陪伴在我的身旁。虽然是这样说，但实际上，从时间来看也只是一秒钟的几分之一，短促的一瞬间。然而，我觉得时间相当长，就像是接近永远的体验。所谓梦想，大概就是这样。不管是多么长的梦，实际做梦的时间都是很短的。总之，自从那次攀岩以来，我就光画天使画。不管画多少幅，看起来也一点儿不像实际看到的天使。或许她根本就不是能视觉化的东西。我看到了她，清楚地看到了。可是，一往画布上画，就不一样了，就完全变成别的东西了。大概是在干不可能实现的事情吧！明知如此，我却不能不画，每天都如同在经受地狱之火的煎熬。有什么可笑的吗？"

"我想我说不定是遇到了奥蒂诺·雷东①再世呢！"

"趁现在赶紧买画。"

"以后还要画天使吗？"

"就像是命中注定的了。"

"画天使？"

"我看到过她。"

---

① 奥蒂诺·雷东（Odilon Redon）：1840—1916，法国19世纪末象征主义画派画家。

## 2

第二个儿子出生后,周作也丝毫没有减少爬山活动,反倒是有点儿赌气似的继续爬。每当他说要上山的时候,小夜子总是做好两顿的便当把他送出家门。她心中究竟在想什么,周作不了解。他只顾得上自己的事情,没有余力再顾及妻子了。并不是不挂念他不在家时的情况,可是,完全无所适从。休息日在家里的时候,总是觉得空气既稀薄又沉重,奇妙而压抑,过了半天就感到像是被毫无缘由地封闭在一个狭小的空间里。因此,每逢休息日,他就与休闲毫不沾边地到山里去。

与健康诞生的大儿子不同,健二郎很小就出现了令人担心的苗头。分娩的时候内旋转异常,三次胎头吸引。当时,分娩室一片忙乱,令人不安。健二郎的异常表现明显起来后,小夜子回顾了当时的情形。婴儿出生后的 Apgar 评分（阿氏评分）是九分，属于良好，但是第四天就把喝下的牛奶和着血一起吐了出来。而且，在小夜子出院后，婴儿因贫血和心脏杂音住院，进行了超声、心电图和验血等项目的检查。

在三个月诊察的时候，小夜子被医生告知：健二郎的脖子挺不直。那之后的一个月内，她几乎每天都要带着婴儿去医院，接受各种各样的检查。做脑电图，用药物使孩子进入睡眠状态后，再照 CT，但是任何检查都没有发现确实的异常。剩下的只有进行肌肉检查了。但是，两个人听说，那要真的切下一点儿肌肉进行检查，很痛苦，对于出生才几个月的孩子过于残酷，两个人就犹豫了。现阶段也不能进行治疗，便决定暂时观察一下情况。就这样，婴儿迎来了出生后的第四个月。

"到现在为止，情况不太好。"医生一边用圆珠笔头敲打自己的膝盖，一边对周作说，"因为现在才四个月，所以，以后还是有改善的希望的。但是，现在的状态也可能会持续下去。"

"原因是什么呢？"周作重复了已经问过多次的问题。

"说不清楚，可能是分娩时缺氧，造成了一部分脑细胞坏死。"

"可是，CT检查的结果没有发现异常啊！"

"CT检查是用X线束对人体某部一定厚度的层面进行扫描，但是有时候，小的毛病在扫描线上反映不出来。"

"就是说，不是照一下CT就能够照出的大毛病。"

"是这么回事。"医生轻轻地点了点头，"但是，坏死的部分即使只有五毫米，也不能说是小。"

"会留下什么障碍？"

"现阶段还很难说。只是大致上说，根据坏死的脑的部位的不同，出现的异常可以分为肢体障碍和智力障碍。智力障碍不经过长期观察是搞不清楚的，也有的到了上小学和上中学的时候才表现出来。但是，一般情况下，看他的语言表现就能知道。语言能够正常表达，那么，就没有问题。肢体障碍要比智力障碍发现得早,恐怕在这几个月就可以有一个大致的预测:脖子能不能挺直?会不会翻身?会不会爬?如果他会爬,那么,一般来讲也能会走,当然要比其他孩子晚一些。还可能会有一些其他的障碍。"

"如果脖子挺不直,不会翻身,这种状态持续几个月的话,会变成什么情况呢?"周作问道。

"最坏的可能……"医生停顿了一下,然后又接着说,"虽然概率是很小的,但是,可能会永远卧床不起。"

周作难以接受医生的话,把目光转向了窗外,透过布满灰尘的玻璃,隔着院子可以看到旁边的病房楼。脑子一时间一片空白,不能思考问题。心里不可思议地平静,只是又一次厌烦地想到那阳光明媚的地方去。

周作是在三年前开始攀岩的。大儿子隆太郎出生后,过去一直一起登山的小夜子就被育儿缠住了。刘谷在周作任教的中学当美术老师。作为班主任和副班主任,两个人共同负责一个班级,自然就亲近起来了。劝周作进行攀岩的是刈谷,独身的刈谷几乎每个星期都要到攀岩场去,去自由攀登已有的线路,或者和伙伴一起开辟新路线。周作用夏季的奖金买齐了平底攀登靴、保险绳和金属器具等攀岩的必备器材。每星期去健身房好几次,在家里不断地进行肌肉锻炼。并且,在休息日接受刈谷的攀岩辅导。

有一次,小夜子在杂志上看到一幅大概是在优胜美地①,还是别的什么地方的攀岩场的攀岩者的照片,面无人色地来找周作。在她看来,所谓的攀岩也不过就是在攀岩场的岩壁攀登。然而,照片里的攀岩者竟然是穿着跑步用的短裤,上半身完全裸露,身上带的东西只有装防滑粉的粉包,穿着平底攀登靴,连腰间的保险带都没系,就那样只靠两只手的力量悬挂在令人目眩的大岩壁上。不管是谁都能看明白,掉下去必死无疑。

为了消除妻子的误解,周作打开自由攀岩的入

---

① 优胜美地:一般指位于美国加利福尼亚州的约塞米蒂国家公园。

门书,解释这项运动的安全性。小夜子在杂志上看到的是所谓的"自由单人"的攀岩,是不用系保险绳进行保护的攀岩。但是,普通的攀岩者是不冒那个险的。在为了自由攀岩而开辟的岩壁路线上,每隔两三米就打入一个叫作中途保护点的支点。攀岩者在攀登时,把保险绳的一端连接在叫作保险带的腰间安全皮带上,再把从腰带上穿出来的保险绳用叫作钢环的金属环挂在保护点上。在地面上,有伙伴待命,按照攀岩者的动作送出剩余的保险绳。伙伴叫作保护员。救护员要在攀岩者坠落的时候用叫作"8字环"的保险器以自己的体重止住保险绳。于是,攀岩者就悬空挂在最上面的一个保护点上。之所以总是与刘谷两个人一起去,就是因为要互相进行这样的安全保护。虽然对小夜子做了这样的说明,但她仍然是一副不能释然的样子,周作总是千方百计地安抚她。

茶壶盖上的小孔有一股细细的热气升起。周作呆呆地看着它。身处这样安静的环境之中,就不知道自己是不幸还是幸福了。自从被告知健二郎"可能会永远卧床不起"时起,小夜子目不转睛凝视什么的时候就多了起来。有时是自己的手掌,有时是插在花瓶里的花。

一会儿,小夜子把茶斟入了两个茶碗。像是不愿意打破沉默似的,周作没有伸手去接递过来的茶碗。小夜子也像一个不会干渴的人一样,没有动作。两股热气分别升起,在中途升势变缓的地方互相缠绕,最后合并在一起,消失在荧光灯的灯光之中。

"看今天早上的报纸了吗?"隔了一会儿,小夜子问道。

周作抬起头来看着她。

"就是那个年老的母亲和她的大儿子死在家中的报道。"

"没注意呀!"

"母子两个人生活在一起。"她开始说起报道,"据说母亲因为高血压从十多年前就开始跑医院,大儿子是重度的精神障碍者。据警察说,可能是母亲在十几天前因脑出血或者其他别的原因死亡,孩子因为没有人给自己做饭而饿死了。好像是连身边的琐事都不能自理，也不能自己吃饭。说是被发现的时候，两个人都穿着睡衣，母亲就像是从床上掉下来似的躺在地上，儿子就趴在她身上死去了。"

周作拿起了眼前的茶碗，几乎是一口就把里面的茶喝光了。小夜子取下茶壶的盖儿，又添上了暖水瓶里的水。

"总觉得不是与己无关呀！一想到如果我们两个都死了，就……"

孩子们都在隔壁的房间里睡觉。周作边吹边喝小夜子给自己倒的第二杯茶。喝茶的声音给这个家带来生活的气息。

"忧虑以后的事情是没有尽头的呀！"他说，"怎么让一家四口人好好活下去都是勉勉强强的了，哪里还顾得上自己死后的事情啊！"

"可是，那一天迟早会到来的呀！"

"到那时再说那时的话吧！不能现在就总是让以后的事情烦恼自己。"

小夜子不吭声了，目光落在了桌子上。周作一方面对自己老生常谈的遁词感到后悔，另一方面又觉得现在笼罩着夫妻的沉默中残留着许多疑问,自己并没有考虑清楚。过了一会儿,小夜子默默地站起身来,和平时一样,进入卫生间用他洗过澡的水去洗澡了。

不管喝多少茶,喉咙的干渴都没有得到缓解。不仅仅是喉咙干渴,全身都觉得很干燥。周作站了起来,把起居间的窗户打开了一半。站在窗户旁边,一会儿,就有温暖的夜气透过纱窗进来了。他心情愉快地呼吸着带有微微下水道味道的温暖的室外空气。

# 3

"国语这个科目究竟该怎么教才好呢?我真是不明白。"刈谷总是把这句话挂在嘴边。美术课这个东西,动手就是一切。可以说让学生产生了积极性,作为美术教师就完成了一大半的工作。总之,用铅笔画线,把毛笔沾上水彩,只要到了这一步,剩下的,孩子们就全都自己干了。但是,你说,对赫尔曼·黑塞的作品中少年盗窃了蝴蝶之后的心情,该怎么教呢?

对于周作来说,教国语这个科目并不像刈谷想象的那么难。作为应付入学考试的科目,国语教起来反倒可以说是简单的。为什么呢?因为作为入学考试而出的国语题水平低得令人吃惊。孩子们有把它考虑得过难之嫌。比如,出的题是以文学作品为题材,问的是主人公的心情问题,四个答案中有一个是正确的。因为其中有一两个是明显错误的，首先就把它们排除掉了。然而，孩子们觉得剩下的两个作为主人公的心情都是符合的，于是就拿不定主意了。这样，教授的方法就要在为什么一个是正确的而另一个不是上下功夫了。周作首先让孩子们理解：作为考试题而设定的问题一定是一条"封闭线"。因为如果是开放的，就违反了一个问题只有一个答案的铁定原则。比如，把《异邦人》开始的一段写在黑板上。"今天，妈妈死了。或许是昨天的事情，但是我不清楚。养老院发来了电报，'悼念令堂，明日安葬'，这就什么都不清楚。恐怕是昨天吧！"

周作就这段文章向学生提问："这个主人公的性格是……？"每个人都问了一遍，答案是各种各样的：冷酷、沉着、缺乏感情……全都不一样。又继续问。一个学生回答：不知道。对，正确。

正如卢梭说过的那样，"这样是什么也不能知道的"才是正确答案。无法明白。因为没有写。孩子们是想推测没有写出的部分。他们的推测大体上来说是妥当的。周作对学生们说：入学考试的试题并不是在问解答者的推理能力，而是在问从写出的事情判断可以说什么。你们想过头了，不能思考，不能推理。总之，要把眼珠子瞪得像盘子一样读文章，然后找出答案来。试题本身出得就是智力障碍者也能够回答的。你们国语成绩上不去，就是因为你们的脑袋都太聪明了。要想取得好成绩，就要变得傻一些。他一边这样说着，一边在想：自己究竟在教什么呢？

"光弹吉他，一点儿也不学习。"那位母亲说，"前些日子的期中考试成绩也很差。再这样下去，升学就令人担忧了。"

"他本人说希望当个演奏家。"那位母亲皱着眉头看着周作，"总之，我说什么都成了耳旁风。这孩子根本就看不起我。说多了生气，丈夫不让我说，弄得别别扭扭的。"

"确实如此。"

"老师您能不能给好好说说？"

"说什么？"

"让他好好学习。"

那之后的半个小时,那位母亲冲着周作不着边际地发了一通牢骚。周作一边听着,一边在想:父母只是强加自己的意志给孩子,完全不看孩子的情况。孩子对这样的父母已经厌烦了。双方互不信任,哪里还谈得上升学问题呢!

周作在已经没有人的教室窗边呆呆地站了一会儿。教室位于面向操场的教学楼的三楼。在操场上除了棒球部和网球部的学生,也有班级在训练运动会的拉拉队。运动服是按学年分的颜色。今年是一年级红,二年级绿,三年级蓝。所以,只要看一看裤子或者号码布的颜色,老远就能知道是几年级的学生。

周作想起了自己中学时代的事情。二年级的时候喜欢上了一个女孩子。他是网球部的,那个女孩子是乒乓球部的。在昼短的冬日操场上,网球部早早就结束了练习,而在体育馆里的乒乓球部却练习到很晚才结束。因此,周作有时候就在教室里等着,等她换了衣服后到教室来取书包。当发现黑暗的教室里有人时,她有些吃惊。周作就慌忙做出准备回家的样子,两人并没有正式地交谈过。有那么几次,两人回家时在学校门口相遇。他自以为巧妙地装出了偶遇的样子,可是,说不定对方已经有所察觉。周作发呆地想着现在不知道生活在什么地方的她:婚姻美满吗?有孩子吗?很怀念已经有二十多年没见面的暗恋对象。

"啊,杉山老师,在这里吗?"

这样说着,走进教室里的是一位姓古濑的理科老师。那是一个身高一百八十厘米、体重超过一百千克的大汉,是学校的学生辅导员,年龄要比周作小两三岁。

"就森田和野中的事情,想跟您谈谈。"

"请!"

周作让他坐在刚才那个学生的母亲坐过的椅子上。因为是中学生使用的椅子,所以在古濑面前显得特别小。尽管如此,他还是顺从地坐在了上面,局促地并拢了膝盖,用手帕擦汗。

"有什么进展吗?"周作问。

"唉，这个嘛，好像欺负森田的不仅仅是野中一个人哪！"古濑说，"一共是五个人，带头的是野中。"

森田和野中都是周作去年当班主任那个班的女学生。第三学期开始的时候，森田收到了一封信。她的母亲把信拿给周作，周作看后立即就明白了是野中所为。内容都是些没有分寸的孩子话，文章也很拙劣，正因为如此，反倒是充满了恶意。收到书信的森田并不是一个叫人讨厌的学生，反而在班级里是一个很有人气的女孩子。另一方面，发出书信的野中也不是一个品行那么坏的孩子。说不定是两人之间发生了什么事情。周作并不想把写信的人叫出来进行一番说教，认为应该耐心等待她身上的恶意自然减少，直至消失。他决定暂时观察一下情况。

那以后，森田和她母亲都没有再来说过什么，所以周作就以为事件已经平息了。升级时，学校重新编了班，周作不再是她们两个人的班主任了，森田和野中也被编入了不同的班级。然而，好像到了二年级之后，野中对森田的骚扰还在继续。除了写信，还执拗地打无言电话。森田的母亲忍无可忍，到教育委员会的暴力辅导室投诉了。在现在的教育界，有时候一听到"暴力"就会产生过激反应。于是，教育委员会立即向学校发出了"调查事实，向上报告"的指示，校长就紧急召开了全校大会。在没有公布加害人姓名的情况下，向全体学生说明了这件事情，并且开导道：有关人员，自己迅速报上名来。当然，没有人出面。

"成员大体上可以确定。"古濑继续说，"刚才我一个一个地找她们谈了话，把森田接到的信都给她们看了，问是不是她们干的。她们全都说'我们可不知道'。"

古濑在模仿女中学生口吻的时候，周作差点儿忍不住笑出来。正因为担任着生活辅导员，古濑很了解她们的特征。也正因为这样，和她们风格上的落差就更让人感到可笑了。

"真是不得了呀！"周作强忍着笑说。

"不，我真是不知道该怎么办。"古濑一边说一边用手帕擦汗。

"是什么原因呢?"

"这个嘛,好像是因为男孩子呀!"

"男孩子?"

"高桥洋介。"

"就是在我们班当班级委员的那个?"

古濑煞有介事地点了点头。

"野中对他有意思。您不知道吗?"

"不,完全不知道。"

"另一方面,高桥却好像对森田有意。"

"因此,在嫉妒心的驱使之下,野中就和伙伴们一起对森田进行骚扰?"

"还有,据从其他学生那里听来的……"

周作感到一种莫名其妙的厌恶。

"那由我直接跟野中谈一谈吧!"

"这……"古濑模棱两可地说,"只是没有什么证据啊!"

"那封信,不管是谁看,都是野中写的呀!"

"但是,光是信的话……本人不承认……"

"不管在口头上她承认也好,不承认也好,她都应该明白我们所说的事情。说不定应该明确地告诉她，不要干无聊的事情。就是野中，这样的事情持续下去，也会厌烦的吧！"

"那是当然的，因为无论如何总是一个敏感的问题，所以，还是我再想想办法吧！要是还不行的话，我再来跟您商量……"

古濑又像来的时候一样，擦着额头的汗离开了教室。他究竟是来干什么呢？目送同事离开之后，周作在想。他在中学里一天的生活就这样结束了。虽然并不是每天都要听学生母亲的牢骚和进行"暴力"调查，但是这种情况并不是什么特殊情况。现在回家去，家里有脖子挺不直的婴儿和心情郁闷的老婆等着。那也不是特殊情况。

# 4

担心下雨的运动会总算是碰到了一个好天。周作被委任为负责记录的学生们的顾问,早晨把孩子们聚在一起说了几句话之后,就没有什么事情可干了,只是坐在帐篷里的椅子上悠闲地观看正在进行的比赛。刈谷今年还是负责录像,比赛的时候就一直在场地里转。由于鼻子下留着胡须,手长脚也长,在场地里是很显眼的。

周作一边看着中学生们跑着跳着,一边想:在第二次世界大战中,人类以空前的规模相互残杀。对于那样庞大的负能量,是不是应该存在一个叫作正能量的东西?就是相对于作用的反作用,相对于重力的反重力一样的东西,保存于地球的什么地方。但是,在哪里呢?哪里有那样的东西呢?比如,在中学生偏执的心灵里。周作是相当认真地相信有这么回事。

在如今的日本社会，不得不采取虚无主义态度，说不定那是有很大可能的。那些偏执的中学生所拥有的过剩的能量，在严格管理的学历社会里，或者自闭于前途渺茫的空虚之中，或者以暴力的形式迸发出来。但是，或许那种正能量具有潜在的可以改变人类历史的力量。如果能够将其引入正确的轨道，一定能够使他们蕴藏的能量熊熊燃烧，是能够把那些吹嘘在用气枪射击小猫和小鸟时心情最好的孩子们引导到好的方向的。

这一点周作很清楚。虽然很清楚，但一碰到现实问题，总是感觉穷于应付。在无法预测的现实面前，脑袋里考虑的理想瞬间就飞到九霄云外去了。如果是教育评论家则另当别论，在现场就不能够装得那么高尚了。虽然明知道对方是中学生，但因对方的态度，自己也就变得情绪化了。他觉得很焦躁：这样是不起作用的，是无济于事的。这种焦躁感和与之成正比的绝望，在周作身上与年俱增。

上午的项目结束后，学生们和家长在吃便当。

在自己负责的班级的看台转了一圈之后，周作想回到办公室去吃饭。这时，一个男人用粗哑的声音叫他的名字，他有点紧张地回过头去。

"这不是吉村吗？"

"好久不见……"

"在这干什么呢？"

"来看运动会呀！"

"你好吗？"

"唉，马马虎虎。老师好吗？"

"也就那样！"

之所以能够马上叫出他的名字，是因为这是一个让他印象很深的学生。吉村是周作来这个学校任教后第一次当班主任那个班的学生。从那个时候起，这孩子就毫无顾忌地公开声称自己将来要参加帮派。帮派里面不分什么外国人和日本人，有力量就能胜利，所以，自己要加入暴力团体，用实力出人头地。他的理论就是这样。

"那么，你现在在干什么呢？"在谈论了一些同期同学的话题后，周作随口问道。

"在帮助家里做事。"吉村回答说。

"是不是一家烤肉店?"

"吉兆亭。有空光顾一下吧!带着夫人,有很多有趣的事要跟您讲呢!"

"好,有时间一定去。"

"知道地方吗?"

"是以前的地方吗?"

"是的。那我等着您。"

目送他离去的背影,周作在原地站了一会儿,回想起这个以前的学生的一些事情。周作接手的时候,吉村已经做了好几件伤人的事情。警察警告说,如果以后再惹事情,就把他送到教养院。好像不管是教养院还是少管所,他本人都很乐意去似的。大概是以为那才是加入帮派的捷径。只有一次,周作着着实实地冲吉村发了一通火。他说:"不要太任性!你把什么都归咎于自己生于日本。你就打算这样把自己的人生归咎于客观条件、归咎于其他什么人来过一辈子吗?你的人生不是你自己在过吗?"

自那以后,吉村还是多次惹出事情,每一次都是周作安抚被害人一方，在学校内部进行了处理，总算是让其顺利从学校毕业了。寒假时，对他进行作文指导，使其升入了入学考试只考作文的私立高中。但是，听说他很快就退了学，给一个无聊的帮派当跑腿儿的了。所以，听到他说他在家里的烤肉店帮忙，周作的心情有些轻松了。的确，他现在的打扮也不像流氓或阿飞。头发染成黄褐色、耳朵戴着耳环的吉村，和一些高中生及大学生没有什么两样。也许正如他自己所说的那样，是在过着规矩的日子吧！周作一边往办公室走，一边想，最近得到吉村的店里去看一看。

# 5

那一天,周作先从家里开车去了一个学生家。事先已经跟他母亲说好了,跟他本人只是说要带他去吃烤肉。

"是你的学长开的店哪!"

"我可不想吃什么烤肉啊!"

"你是素食主义者吗?"

孩子长长地叹了一口气:

"在学校不总是吃嘛!"

大概是还没有到晚饭时间,店内没有顾客。已经事先跟吉村说过自己要去。周作在和吉村的母亲简单寒暄之后,坐到了桌子旁。

"这家伙,干活认真吗?"要了啤酒后,他问正在准备肉的吉村母亲。

"马马虎虎吧!"

"什么马马虎虎呀!"吉村一边给煤气炉点火,一边跟母亲抗议,然后跟周作说,"我的同伴们,像我这样认真劳动的,除了我之外没有第二个人呢!"

"那是因为你的同伴里没有好人吧!"

"都说真正的原因是没有什么事情可干。有那么两三个人在看弹子台,其余的都游手好闲。"

"真是好青年啊……"

"还是因为没有好机会呀!"

"可我认为是你们这些人不够努力呀!"

"老妈,不要给这家伙肉吃!"

"你快闭嘴吧!"母亲从柜台里走出来,把一盘肉放在桌子上,"老师您多吃些!"

"谢谢!"

"可我没想到您真会来。"母亲离开后,吉村说。

"我想看看你诚实劳动的样子。"

"谢谢!可是,这小家伙是谁?老师的儿子吗?"吉村指着桌子旁边缩头缩脑的孩子问。

"是我班上的仓田君。问个好!"

"你好。"仓田大概有点儿害怕吉村,非同寻常地老实。

"这里面有没有什么问题?"吉村比对着仓田和周作的脸问。

"没有什么问题。是不是,仓田?"

"好了好了,这种事儿,爱怎么着就怎么着吧!总之我也不和他打交道。"

在结束对话之后,吉村拿着自己的杯子回到桌子旁。周作给他的杯子里倒上了啤酒。"谢谢!"吉村说。

连喝乌龙茶的仓田在内,三个人轻轻地碰杯干杯。

"早就想问你了,听说你在高中退学后,曾经给帮派跑腿儿,是真的吗?"放下杯子,周作问道。

"要当着仓田君的面说这件事情吗?"

"你现在这么正经,没什么关系吧!"

"干过!"吉村很直率地回答,"虽然那是个小气的帮派。"

"帮派里不全都是些小气的家伙吗?"

"谢谢您这样说。"

吉村麻利地翻着烤肉。

"发生了什么事儿吗?"

"什么事儿?"

"我说的是洗手的契机。"

"我觉醒了。"

"能够早早觉醒,真好。"

"您就是来说这些话的吗?"

吉村怄气似的把杯子里的啤酒一口喝光。周作微笑着又给他的杯子里倒上了啤酒。

"想听吗?"吉村放低了声音问。

"想听啊!"

"决斗。"

为什么会成那个样子,吉村不愿详谈,总之是要和对立组织的青年拿着短刀,一对一地决斗。场所是一条河的堤坝。入冬后不久的一天,周围已经昏暗下来了。最初很兴奋,也没有感到害怕。互相一点一点地逼近,到了刀尖能碰到刀尖的时候,在"啊——"的吼叫声响起的同时,刀砍下来。双方的刀刃碰刀刃,火花迸裂。就在那一瞬间，一下子突然醒悟了：自己究竟是在干什么？冷静后发现自己全身在颤抖。看一眼对方，对方也是面色苍白、浑身发抖。

"可是，不干不行啊！"吉村边烤肉边往下说，"一旦开始了，就没有办法收手，于是就拿着刀一点一点地后退。大概拉开到了四五米的地方，双方就那样对峙，可能有三十分钟吧！天已经完全黑下来。胳膊已经麻木得没有感觉了，也因为寒冷和恐怖全身都在颤抖。这种事情还是快一点结束，早一点回家吧！洗一个热水澡，喝一杯凉啤酒就睡觉。这时想到，不管是警察也好，其他什么人也好，快点儿有人过来吧！但是，因为是特意选择的不受干扰的地方，所以连一条狗都没有。就在此时，突然响起了'嘀铃铃'的声音，你猜是什么？"

"是自行车吧？"

"对了。"吉村佩服地点了点头，"而且是一个妇女，自行车上驮满了萝卜、白菜、手纸等东西。一看骑车的是一个与我妈妈年龄相仿的阿姨，那一霎，我觉得是老妈来教训我了。那位阿姨一边说

'啊，对不起'，一边骑了过去。就从架着刀对峙着的我们两个中间穿了过去。场面一下子就缓和了。'算了吧！'一切就结束了。"

"原来如此。"周作给吉村的盘里夹了肉。

"你认为我是在瞎说吧！"

"是让我相信吗？"

"我说的可都是真的啊！"吉村笑着说，"哦，自行车的事情有点虚构，决斗是真事儿。真的害怕了。"

"快吃肉吧！"

吉村一边端杯喝啤酒，一边翻动着铁板上的肉。从柜台里传来母亲的骂声："怎么能吃客人的肉呢！"

"他少了一根手指头。"在回去的车里，仓田面朝着前方突然说。

"是吗？我没注意呀！"

"左手的小指头。我还是第一次看到这种情况。"

"哦，"周作握着方向盘叹息道，"没有了小手指头，连吉他也弹不好了。不过卡洛斯·桑塔纳①弹吉他时左手小指好像不动啊。你知道他吗？"

仓田没有回答。过了一会儿，周作说：

"这样下去可不行。这一点你也是明白的吧！我知道你和父母不和。在这一点上，老师我是不能插嘴的，但是，我可以教给你一个办法，从家里走出去的最好办法就是升学。"

仓田惊讶地回过头来看周作。周作继续说：

"以老师看，仓田你之所以讨厌学习，就是源于对父母的反抗心理。我也并不是不明白你的心情，这样的事情，不长大成人是不能明白的。你父母的年龄和我的几乎相同。到了这么大岁数，人的好恶和性格就不怎么能够改变了。不管你怎么反抗，父母也难以进步。与其这样，还不如考虑如何巧妙地离父母远一些。"

孩子又低下头沉默不语。

"你父母希望你升学吧！那样的话，我想就有

---

① 卡洛斯·桑塔纳（Carlos Santana）：美国音乐艺术家。

必要利用这一点。因为只要上了大学,父母就管不着了。要是上了一所县外的大学,一年都不知道能不能跟父母见上一次面。让他们拿出生活费和学费,你可以做自己喜欢的音乐呀什么的。高中你还是想上的吧?"

他轻轻地点了点头。

"如果是这样,那就再卖点力气学习,考虑上一个说得过去的高中!和父母冲突有什么意思!你想像基思·理查兹①和埃里克·克莱普顿②那样,做些毫无意义的事情吗?"

"克莱普顿没有父母,他是爷爷奶奶养大的。"

"噢,是的。总之,你要想靠音乐立身处世,就应该是没有闲工夫去和父母较劲儿的。"

"我明白。"

"好。这样的话你也给父母长长脸,为了顺利

---

① 基思·理查兹(Keith Richards):主音吉他手,是滚石乐队的创始人之一。
② 埃里克·克莱普顿(Eric Clapton):英国吉他手、歌手、作曲家。

升入高中,好好学习!你好好学习,父母也就满意了,烦人的干涉也就少了。好吗?"

"可是,没有意义呀!"

"什么?"

"学习也没用。"

"你呀,就只想成为一名吉他手吗?手指头动得快,吉他弹得好,就行了,是吗?"

"我想成立一个乐队,也作曲,干各种各样的事情。"

"是吧!所以我说,现在更应该好好学习。"

"为什么?"

"因为可以表现出深度来。勾股定理、《快跑,梅洛斯》、月亮的圆缺等等,都应该学习。连字都写不好的人,怎么能搞出新鲜的音乐呢?"

"我想这是没有什么关系的呀!"

"有的。"

# 6

进入梅雨期之后,就不能再登山了。在一个接连下了几天雨的周末,周作想排遣一下郁闷的心情,决定和刈谷去喝酒,两个人已经许久没有在一起喝酒了。刚刚过了七点,到了那个常去的地炉烧烤店一看,刈谷已经到了,一个人在喝啤酒。两个人一边在嵌入桌子里的炭炉上烤着肉和贝,一边漫无边际地侃大山。刈谷说,他那个长年患帕金森病的叔叔前几天去世了。

"现在的火葬场可是不得了。"他说,"是有时间限制的,所以根本没有从容的时间,一切都要在限定的时间内完成。有人说,人一旦死了就成了垃圾,那简直是个垃圾焚烧场。"

"确实是。"周作附和道。

"我可是深切地感受到了,我们是生活在一个把人体看成零部件的社会里。"刈谷继续说道,"没用了的零部件就要被彻底地烧掉。在以此为标准的社会里,究竟该怎样向孩子们传授生命的可贵呢?生命这个东西要是像电脑一样,是由零部件组成的话,那么,在烦心的时候把它给破坏了,也就没什么关系了吧?"

"作为极端的理论来说……"

"人类本来就是极端的动物,所以任何事情都必须极端地来考虑呀!"刈谷把啤酒杯里剩下的啤酒一饮而尽。

"比如,由教育委员会给偏差值①在三十以下的学生的家长下通知,建议他们更换头脑的零部件……"

"那文部科学省就必须为移植手术设立补助金制度了。"

"那不就是日本育英会了!"

"爱是什么就是什么吧!不过,咱们这个话可

---

① 偏差值:相对平均值的偏差数值,是日本人对于学生智能、学力的一项计算公式值。

不能让学生家长听了去啊！"

刈谷大声地叫店员给添啤酒。

"像是流星嘛！"周作说。

"什么呀，那个……"

"不是说，在流星消失之前，在心中默许三个愿，愿望一定能够实现吗？"

"不知道。"

"我每年都跟学生这么说，告诉他们，走夜路的时候，要是看到了流星，立即条件反射似的把你想上的学校念三遍。如果总是这样想着要升入的学校，一定会如愿以偿的。"

"你信吗？"

"要是学生们相信就好了。"

最初两个人喝的是啤酒，中间改换了烧酒，而且把要的东西都吃光了。之后，两个人走出了饭店。刈谷已经喝醉了，脚下跟跟跄跄。周作说打出租车回去吧！刈谷说去看脱衣舞。

"你也去吧！"

"我算了吧！"

"有老婆的人就是没意思。"

"不是那么回事。"

"你知道吗?在娱乐行业里,最难的就是裸体剧场的喜剧演员。"

"头一次听到。"

"顾客都是来看女人裸体的呀!"刘谷口齿不清地开始解释,"这时候不知道是哪些家伙出场了,喋喋不休地说些莫名其妙的话。顾客却完全无视他们,读报、和同伴聊天、吃便当。要想让这样的客人发笑是很困难的。你不认为教师与裸体剧场的喜剧演员相似吗?"

"真是很奇怪的噱头啊!"

不知什么时候天又下起了雨。虽然两人都拿了伞,但是雨下得并不大,两人就淋着雨继续走。电影院前面停着几辆等客的出租车。电影院的橱窗里贴着正在上映的电影的海报:在一个拿着手枪的男人后面,一辆汽车腾空而起,被炸毁的高楼在熊熊燃烧。人行道的电线杆上,非法贴上的色情电影招贴画和它的瓦楞纸底板被绑在一起,一个嘴里被塞上了东西、双手被绑了的半裸女人悲切地看着这一切。

在十字路口,有十几个打着伞的人在等绿灯。一会儿,信号变了,人们开始一齐过马路。人群移动后,一个打着红伞的小个子女人像是被遗忘了似的站在那里。周作和那个女人的目光在一瞬间相遇了。女人像是找到了猎物的动物一样,向他靠近。为了把她甩掉,周作加快了脚步。然而,因为刈谷磨磨蹭蹭的,他在到达人行横道前被那个女人缠上了。

"请允许我为您祈祷!"

周作本打算不理她穿过去,她却挡住了他的去路,执拗地说:

"请允许我用一分钟为您祈祷!"

周作一下子感到非常愤怒,简直忍无可忍,当场就想推倒她,摔她个头破血流。女人很瘦很矮,没有血色的脸上戴着一副高度近视眼镜。这样一个女人却像瘟神一样缠着人,说要为你祈祷!

"来吧!"周作说。

女人一下子退了一步,警惕了起来,吓得歪着嘴,看起来马上就要喊出来。因为吓住了女人,周作越来越想要戏弄她一下,抢过女人的伞,抓住了她瘦弱的手腕。

"请不要这样!"女人像蚊子叫似的说。

"好吧!跟我来!让你尽情地祈祷。"

从马路对面穿过人行横道走过来的人们用奇怪的目光看着周作和女人。

"算了吧!"

刘谷抓住了周作的胳臂,从地上捡起伞递给那个女人,然后以目示意"快走吧!"。女人用说不上是害怕还是愤怒的目光盯着周作开始后退。到了一定距离之后,转过身去,向人多的地方跑去。

"怎么干出这样的事情呢?"看不到女人的身影后,刘谷问周作。看起来刘谷已经完全从醉酒中清醒了。

周作没有回答。刘谷也没有再说什么,只是长长地叹了一口气。

# 7

隆太郎去的这家保育园每年七夕节前的那个星期六晚上,都把园童和家长召集起来,举办七夕晚会。当天大家把按各自的想法制作的诗笺和花竹环拿过来,放在园里预备好的大花竹环上。小夜子和隆太郎从几天前就开始做花竹环了。用剪刀剪好彩纸,用糨糊粘在一起,做成西瓜、星星和帆船的样子。诗笺的文字是小夜子专门写的。深夜的时候,周作看了看,所有的诗笺上都写满了"祝孩子们茁壮成长""愿健二郎能够奔跑"等祝福语。不了解情况的人看了这些,也不会感到奇怪。很多是祝健二郎健康的祈愿,直接坦率的文字反倒传达了愿望的迫切性。

那天傍晚,小夜子只领着隆太郎一个人去出席保育园的七夕晚会。周作和健二郎留在家里。他决定利用这个机会好好了解一下二儿子的情况。从儿子的面部看不出有病的样子。由于分娩时强制吸引，脑袋就像是被前后挤压了一样变成了扁平状。让他趴下，他就反翘起来把身体弯成弓形。紧握着他的手，让他伸开手指，他就表现出强烈的抵抗。让他坐在被子上，他就会立刻失去平衡倒下去。头枕在抱着他的周作的胳膊上，脑袋摇摇晃晃，周作不由得叹息道："没有希望啊！"

"你的名字里，可是有'无病无灾、健康成长'的意思啊！"

外面不知什么时候下起了雨。周作准备了简单的饭菜，八点左右小夜子和隆太郎回来了。因为中途开始下雨，原来聚集在保育园院子里的父母和孩子们都撤到了游戏室里，在那里继续表演节目。隆太郎向父亲报告说，他在跳了"晚松舞"之后，还吃了西瓜。然后就开始玩托马斯火车头。看到小夜子满脸的不高兴，周作就问她怎么了，她像是被击垮了一样说："吊在保育园院子里花竹环上的诗笺都被雨水冲掉了。"

"本来是以祝愿的心情写的……"

"还有一个嘛,没问题!"

在七夕节前,隆太郎从保育园领回了一根竹子。做好的花竹环和诗笺,一半拿到了保育园,一半留在家里,吊在了家里的花竹环下。它躲过了雨淋,静静地立在屋后的房檐下。小夜子马上打开窗户确认了一下,花竹环和诗笺都没有被雨淋到。她感叹了一句:

"万幸!"

第二天,雨停了,中午时分还出了太阳。周作一整天都在家里陪着孩子玩。到了傍晚,突然想起幼年时的习惯,就叫上隆太郎去放花竹环了。附近并没有什么大的河流,就是勉强放到城里那似有若无的河里,也会在中途被什么挡住,漂不到海里去。他想一定要把花竹环放到海里去。

"去哪儿?"

手里拿着带装饰的花竹环的隆太郎被他放在自行车的后座上后,不解地问他。

"到海边去呀!"

周作回答道。

"毛巾和游泳裤都没拿呀!"

"今天不是去游泳,是去放花竹环。"

海在他家北面,距离他家约五百米。好像过去这一带曾经是海,因为不断地填海造地,海岸线不断后退。周作骑着自行车朝日益远去的海岸线奔去。夕阳映红了西方的天空。他想,无论如何也要在还有阳光的时候放流花竹环。然而,当他穿过楼群,来到他的目的地时,当初的打算遭遇了障碍。模糊存于周作几年前的记忆中的海边,现在已经开始了新的填海工程。过去的海边一带已被煞风景的铁板围住,可以看到里面进行疏浚作业的起重机的顶端。另外,从铁围栏中伸出几条排水用的水管子。虽然在岸边的堤坝和打入海里的铁板墙之间有一处宽十米左右的水面,但是,就是把花竹环放到那里,它也是很难漂流到海里去的。

"海,没了呀!"隆太郎悲伤地说。

"就剩这么一点儿了。"

"蝾螺姑娘呢?"

"要是能回来,还能看到。"

周作又开始蹬车。他想无论如何都要沿着海岸线到没有计划填埋地的地方。侧目看着夕阳,猛蹬车子。太阳已经要隐身于立在海中的铁板后面了。感到与离家的时候相比,天色已经相当暗了。计划填埋地那边的天空,还残留着微微的桃红色,他把希望寄托在这上面,奋力蹬车。他感到铁板墙太长了。几年前,一到夏日的黄昏,就可以看到人们在堤坝上垂钓,可现在连个人影都没有了。混凝土的堤坝只是杀气腾腾地把海面和陆地隔开。可能是和正在施工的工程有关,到处都有用黄色油漆书写的洋文和数字。

好不容易铁板没有了,他来到了一个像是大河河口的地方。对岸是仓库林立的码头,在它的前面停着一艘货船。周作把自行车停在了堤坝旁边的一片草丛上,从后座上抱下了隆太郎。孩子不安地环视着周围。周作牵着孩子的手从堤坝之间的石阶往下走去,面前是细长的沙滩。即使是这里,海水也很少;即使是有水的地方,水面下也都堆积着海沙。

能够把花竹环冲走的海流还在前方很远的地方。

"还能再走走吗?"

"我想回家了。"

"把这个放掉吧!"

"把大便冲走吧。"

"快来看,有鱼呢!"

"冲走的大便能到什么地方去呢?"

在狭窄的水平线尽头,太阳挣扎着它那倦怠的身躯就要沉入海面了。在那上方一点的地方,棉状的云闪着金色的光在缓缓飘动。像老太婆喘息一样的浪花,冲刷着岸边的细沙。虽然说不上美妙,但是这里确实是海,还能微微闻到海水的味道。周作拉着隆太郎的手,顺着浅滩走向大海。大概是因为潮汐的关系,贝壳的碎片在两侧堆积起来,形成一个和海平面几乎同等高度的脊柱状凸起,并一直延伸到海里。

最初是走在"喳喳"作响的贝壳上,不知从什么时候开始,脚底下已经是吸进鞋里的软泥了。隆太郎大概是累了,被拉着手,沉默地向前移动着双脚。每迈出一步,烂泥都会发出一股臭气。到处都有积水坑,想绕过这些水坑,反倒会陷入更糟的境地。两个人都是满鞋泥了。从海里拍击过来的海水使脚下越来越泥泞,大人都很难移动脚步了,更不要说穿着凉鞋的孩子了。对他们来说,负担就更大了吧!周作跟隆太郎说了一句"在这里等着",就一个人向前走了。他时不时回过头来,孩子蹲在那里不停地翻开小石头往里看,大概是找到了小螃蟹吧!周作痛苦地想:这种异样的玩水记忆,会在他的心灵里如何沉淀下来?会怎样凝固下去呢?他这样推测着孩子的想法。

太阳已经落下去了,海水变得漆黑。对岸码头上的灯光在黑暗中发出柔和的光。周作抓着小小的花竹环,继续朝有海流的地方走去。在孩子般的迷信的驱使下,只是一个劲地想放流花竹环。城里这样憋屈的内海,也总会通向辽阔的外海。那里应该有一个什么巨大的东西在飘荡,那个东西能把幸福和不幸、喜悦和悲伤像降落海面的雨点一样溶入大海。他现在是想对这个巨大的东西进行祈祷。

## 8

到了戏水的季节，近郊的溪流热闹了起来。打扮得绚丽多彩的一家人或成对男女走在湿滑的河石上，不断发出一阵阵尖叫。灯笼裤、毛衬衣打扮的老人们，手拄着拐杖以他们惯于爬山的健步在行走。经过这种地方的时候，周作感到自己是非常不合时宜的。

混在登山的人群中，登上一整块倾斜度较小的岩石后，到了一个视野开阔的平台。一般的登山者都是在这里吃完便当后就折返回去。从这里再往前走，山谷狭窄，流水飞溅，要淋水爬坡，所以一般装备简单的登山者都敬而远之。通过了这一带后，右手是铺天盖地的大岩壁，左手是陡峭的长草的岩坡。在那里卸下登山装备之后，周作和刈谷开始吃便当。

"喂！你知道吗？钱形平次①，他的老婆可是个法国人！"

刈谷一边动着筷子，一边和往常一样甩出了一个无聊的话题。周作没有去理会他，继续吃便当。

过了一会儿，刈谷说道："该做准备了吧！"

在自由攀岩运动中，即使是在同一块岩壁，也会由于选择的路线不同，难易程度相差很大。只是稍微往左或者往右偏离几米，就会高出好几个等级。特别是攀登大岩壁的时候，按照自己的实力选择合适的路线是非常重要的。刈谷取出手绘的路线图，对照着面前的岩壁慎重地确定着路线。周作在旁边看着他。刈谷选择的是一个三级的岩块，能够手抓的突起和蹬踏的攀登点很多，看来周作也能轻松攀登。

"是不是有点儿不过瘾？"他有点多心地问周作。

"好久没登了，不要勉强，先试一试吧！"

刈谷整理了确保安全的金属器具，把有齿钢环

---

① 钱形平次：日本作家野村胡堂所著小说《钱形平次捕物控》中的主人公，是日本江户时代江户的名侦探。

分左右挂在腰带上,这是用来卡扣打入岩石的螺栓的。然后慎重地把保险绳系在安全带上,最后穿上了攀登靴。周作也在腰带上系上用于保护的器具,拉着刈谷的保险绳,做好保护准备。

从防滑粉盒中取出防滑粉擦在手上,刈谷深深吸了一口气,开始了攀登。从下面看,虽然身体细长,但攀登很稳定、有力。他不断地用打入岩石的螺栓和楔钉保持平衡,扎扎实实地往上攀。即使是相当陡峭的斜面,保险绳也毫无停顿地在延伸,腰间悬挂的金属器具在寂静的攀岩场上发出悦耳的碰撞声。周作为了不干扰攀登者的动作,按照攀登的节奏认认真真地在收放保险绳。约十五分钟后,刈谷到达了终点,周作听到了"保险解除"的喊声。刈谷好像是在越过了一个小岩块后,实现了自我确保。

"怎么样?"周作在下面喊。

"上来吧!"刈谷从岩块后探出头来说。

自由攀登运动的伙伴,比通常想象的更具有深刻的意义。他们以一根保险绳互相确保安全的关系,远远超过了单纯的合作关系。负责保护的一方自不待言,在受到保护的一方看来,如果不是一个非常可以信赖的伙伴,是不能让他来做保护员的。有的时候,让一个不熟悉的伙伴来做保护员,动作就会僵硬,反倒会出现失误。有一次刈谷跟周作说:"让你来做保护员,可以保持胆量和细腻的平衡,能够很好地攀登。"虽然知道这是恭维话,但被人这样一说,心情还是不坏的。

周作到达了刈谷等待的岩块。

"很大嘛!"周作一边进行自我确保,一边说。

"吃吗?"刈谷从防滑粉包中取出一个橙子,切下一半递给了周作。

"谢谢!"

"看来有必要减轻一些重量。"刈谷一边吃着橙子,一边用手捏了捏自己的腰间,"身体不灵活。"

"我却认为蹬得很好。"

"碰到楔钉了吧?"

"没注意。"

"被岩石挡着,碰到了。"

"不要光图姿势好看,安全第一。"

"是呀!"

山谷间吹来的风很凉。溪流处笼罩着雾霭,这里却是空气干爽、阳光耀眼。裸露的岩石发出一股被太阳烤焦的气味。

"再来一阶吧!"

"啊,好啊!"

岩块的上方是垂直的岩壁,有的地方还有和缓的突出悬岩,攀登自然就要慎重。在这些事情上刈谷当然是得心应手的,一边确认路线一边向上攀登。周作一边放保险绳,一边时不时地在下面指示路线,并告诉他不易发现的攀登点。可是这些用心也许是多余的。刈谷沿着岩壁上部倾斜走向的岩缝,采用被称为横背式的高难技术攀登,最后阶段的冲刺也以敏捷的动作完成了。

该周作了。虽然上面有人保障安全,他还是不由得又一次对刈谷的身手感到咂舌。在这一带,如果动作不敏捷,那就既不能前进,也不能后退了。要是对细小的攀登点束手无策,身体过于靠近岩壁,反倒会坠落。好不容易完成了攀登,将基础螺栓和胸式安全带连接在保险绳上,在刈谷的旁边做好了自我确保之后,由于紧张,周作的喉咙已经干得冒火了。

"辛苦了。"刈谷对周作说。

"下面怎么办?"

"下去吧!这前面没有一条像样的路线,只能灵活利用纵向攀登点。上到上面是很难的。"

稍事休息之后,刈谷去取冷却在水里的啤酒。周作躺在草丛上仰望天空。阳光灿烂,蔚蓝色的天空一望无际。他闭着眼睛,侧耳倾听从攀岩场吹来的风声,有种意识远离了自己的感觉。

"睡着了吗?"

周作睁开眼睛一看,刈谷手提着一袋子啤酒,俯视着自己。他把凉啤酒递给了爬起来的周作。

"上次和你说过的那个海外研修的事情,好像是已经定下来了。"刈谷一边拉着易拉环,一边说。

"是吗!那很好嘛!"

"是呀!"刈谷咕噜咕噜地喝着啤酒。

"多长时间?"

"从明年三月开始,一年的时间。"

"美国吗?"

"大概是。"

"可以在发源地进行攀岩了。"

"如果有好的伙伴的话。"

"顺便也要带回一个人生伴侣呀!"

"要好好考虑考虑!"

突然之间,两个人都不说话了,都不约而同地仰望着正面的岩壁。从岩壁背后涌起了白白的云层。

"这下要寂寞了。"周作嘟囔道。

刈谷回头看着他:"还是半年以后的事情呢!"

"半年吗?"

"怎么了?"

"不,没什么。"

谈话中断了一会儿。过了一会儿,就像是有所考虑似的,周作断断续续地说起了健二郎的事情,简要地说明了从出生到现在的情况,以及今后的预测等等。

"最紧要的是会不会走路,这一问题在你出发去美国的时候就该有答案了。听你说'半年后',就想起了这件事。"

刘谷好半天没有说话。从岩壁方向有凉风吹来。两个人都抬起了头。

"伸出手来!"说着,刘谷从脖子上拿下一个织锦袋,放在了周作手中。

"护身符吗?"

"把它带在身上,就绝对不会坠落。"

"这行吗?"

周作不由得抬起头看着刘谷。

"不要问那么多嘛!"刘谷干笑了一下。笑过之后,他说:

"那孩子说不定是你的天使呢!"

# 9

夏末的一个星期天,周作带着全家人去河边玩。把车停在堤坝上,他带着隆太郎走向了河滩。小夜子抱着健二郎坐在了堤坝的柳树树荫下。好长时间没有下雨了,水流细窄,泛白的河滩显得特别宽广。河底的小鱼聚集在一起,啃着河石上的苔藓。在水中翻转时,鱼肚在阳光的照射下反射着银光。隆太郎跟着他费力地走在圆圆的鹅卵石上。

"石头烫脚。"

"快来,有小鳉鱼呢!"

河水连接河滩的地方,有一个个小水坑。隆太郎指着其中一个水坑,朝着小夜子大声喊道:"有鳉鱼!"母亲在树荫下点头回应。隆太郎想用拿来的网捞捕,鱼在狭窄的水坑中游来游去,很难捕到。周作在旁边看了一会儿,从孩子手中接过网,在水坑边上静静地等候，看准了时机，迅速一抖。随着竹柄在空气中划过的声音，网掠过水面。

"抓住了！"隆太郎朝母亲叫道。

网中，有几条鳉鱼在跳动。

"把那个借给我用一下！"

周作拿过隆太郎肩上挎着的塑料饲养箱，盛上水，把捕到的鳉鱼放在里面。又继续捞了几下，二十几条鳉鱼几乎塞满了塑料饲养箱。不知什么时候，小夜子已经抱着健二郎下到河滩上来了。

"哇，真多！"她俯看着塑料饲养箱说，"孩子他爸，真行！"

"在家里能养活吗？"

"这个——难说。"

"死掉了就太可怜了，还是放掉吧！"

"不，我要养。"

"那么，回去的时候，到宠物店看一看吧！"

也许是听懂了，隆太郎一个人开始玩水。

"鳉鱼也越来越少啦！"小夜子说。

"最近还听说有中学生不知道水黾呢！"

河滩上的风是凉爽的。小夜子抱着健二郎光脚走到河里。

"真舒服。"

"真想游泳。"

"游吧!"

隆太郎只穿着一条裤头就走进河里,好像是想垒石头造一条水坝。两个人默默地看着他。

"今天就到这里吧!"

归途中,他们到宠物店去看了一下。根据店员的推荐,买了水槽、空气泵、河沙、水草、除漂白粉的中和剂以及鳉鱼食等物品。回到家里之后,周作把拖鞋箱上面收拾干净,把水槽放在了上面。用能伸缩的电线接上水泵插头,往水槽里注满了水,加了中和剂和水草。隆太郎好奇地看着忙碌的爸爸。准备好了之后,把鳉鱼放入水槽。鳉鱼们对周围环境发生的巨大变化感到非常吃惊,静静地集聚在水槽的一角里。

"害怕了。"

"马上就会习惯的。"

"能不能养好呢？"小夜子有点儿担心。

"应该是没问题的。"

"真可爱！"小夜子跟隆太郎说。

"啊，乱了！"

他想数一数鱼的数量，小鱼总是不停地游动，到最后也没能数清楚到底有多少条。

"不要动嘛！"隆太郎哭丧着脸说。

# 10

吉村在路上被人用刀捅了。周作从报纸的一小则报道中知道了这件事。行凶的男子当场逃掉了。警察根据目击者的证言等情况,正在调查暴力集团人员的行踪。报道最后说,据调查,事件起因是喝了酒之后发生了口角。

打了好几个电话,好不容易才弄清了吉村住院的那个医院的电话。周作下午到那家医院去了。到服务台一打听,说是在重症监护病房。探视时间是从下午两点开始,所以在外面等了三十多分钟才进去。吉村的母亲一个人孤零零地坐在煞风景的前厅长椅上,一脸茫然地盯着漆布地板。听到周作叫她才抬起了头。

"老师!"

"情况怎么样?"

"出了很多血。真可怜,从黑帮里洗手,干正事了,认真劳动了,却……"

后来就说不下去了,吉村母亲开始低声哭泣。周作抚着她的后背,等待她安静下来。过了一会儿,他母亲开始讲述事情的经过。她说,有一个男人到店里来找他,是一个过去在同一个帮派里的年龄相仿的小流氓,他在吉村从善后仍然在帮派里活动。剪着寸头,刮去了鬓角,从外表一看就是那种人。在店里并没有发生什么事情。吉村一边给其他顾客送肉和啤酒,一边跟他谈他死去的哥哥的事。到了即将打烊的时候,这个男人邀请吉村去一家常去的小店继续喝酒。吉村让母亲收拾打烊,就和那个男人出去了。因为他们谈得很投机,所以她母亲也就没有阻止他。

两个人在街上的舞厅和小姐一起喝了酒。那家店好像和那个男人所在的帮派有关系。据曾和他们在一起的小姐说,刚开始的时候,好像是兴高采烈地谈论了一会儿过去的事情,那个男人和吉村的情绪都很好。喝了酒后,他开始找吉村的碴儿,好像是说吉村洗手不干的时候不仗义之类的话。吉村开始的时候好像很大度地没有理会。后来那个男人还是纠缠不休,他就忍无可忍了,突然摔破了一个啤酒瓶,叫道:"不服气的话,咱们出去亮亮!"差一点儿就要打起来。经过小姐们和其他客人劝阻,两人总算是安静了下来。是那个男人先从店里走出去的。吉村气得脸色煞白,一个人喝了三十多分钟的兑水酒。一个认识他的小姐安慰他,最后他情绪平静地回去了。那个男人在外面等着吉村出来,在后面跟了他一会儿,走到河边步行道的时候,从后面叫住了他。吉村回头的时候,那个男人冷不防地用像匕首一样的东西捅了他的肚子一下,然后就逃跑了。

手术结束后,吉村的情况还是不容乐观。主治医生说,这几天是关口。周作和他母亲一同进入了重症监护病房。濒死的吉村躺在病床上,他母亲叫他的名字也没有反应。他脸上戴着氧气罩,胳膊上连着好几条输液管。周作轻轻地握住了吉村的手。苍白、瘦弱的手上,没有小拇指。

星期五的早晨，吉村母亲打来了电话，告诉他吉村已经死了。好像是在凌晨的时候。据说临终时，他很平静，呼吸在一点一点地变弱。可能是思想上有所准备，母亲一点儿也没有张皇失措，用平淡的口吻对他生前的关照表示感谢，并告诉了他守灵和葬礼的日期。

在守灵的时候，周作从吉村的一个亲戚那里听说，在被扎了之后送往医院的途中，他的心脏就已经停止了跳动。最先赶到的护士立即给他做了心脏按压。移到担架车上之后，很快就被送进了手术室。为了让其苏醒过来，医生采取了各种措施。结果，虽然暂时保住了性命，但从第二天夜里开始，情况迅速恶化，最终没能够起死回生。

第二天下午一点，葬礼在他家附近的一个道场举行。在葬礼上，周作听说杀害吉村的犯罪嫌疑人已经被抓住了。据说就是在那一天早晨，在其哥哥的陪伴下到警察局自首的。好像是已经知道自己作为杀人案件的嫌疑人被通缉，就绝望自首了。

听年轻的和尚们念经的时候，周作回想起自己和吉村梦幻般的再会。他的突然出现是在六月初的运动会上。毕业四年多,吉村一次也没有在周作面前出现过,而那一天,据说也是为看他表弟的表演而来的,所以再会可以说是偶然的。后来,是周作主动与他叙旧的。大约是在运动会开过一个星期之后,他带着仓田到吉村店里去吃烤肉。吉村那时候的高兴面孔现在还历历在目。他幽默地述说了决斗一事,让人觉得那很可笑,这也许是符合他性格特点的一种招待方式吧!这样一想,周作不得不认为他和吉村的再会就是分别的预兆。周作觉得,如果再进一步任空想毫无边界地驰骋,在追溯与吉村的偶然再会中,就可能追溯到吉村的死亡了。

诵经之后,有几个人致了悼词。其中有一名男子是吉村自小的朋友。看来对朋友的突然死亡,他还不能接受。在这一点上周作也是一样。那个吉村现在已经不在这个世界上了。严峻的现实一点也不具有现实感。他想到了人生是多么脆弱和危险。这难道不就像是在没有保险绳保护的情况下,还要去攀登陡峭的岩壁吗?紧紧抓住岩壁的人,就像是脆弱的陶器一样，只要脚下稍稍蹬滑一点，或者是没有抓住攀登点，就会摔到地面上，粉身碎骨。"生"就是这么回事。对自己是这样，对小夜子和两个孩子也是一样。

最后是他母亲讲话，参加者进香。在安置在祭坛的棺椁前焚香的时候，周作从棺椁的小窗口看到了花丛之中吉村的面孔。这个还没到二十岁的年轻人的面孔，像熟睡一样地安详。在道场前目送着吉村的灵柩，周作想起了吉村的小拇指。在他还活着的时候被剁掉的小拇指……现在在哪里呢？

# 11

周围笼罩着一片令人痛苦的静谧。在这静谧之中只有他孤零零的一个人,沉寂得心情都有些烦躁。从开始面对岩壁的那一刻起,感觉时间就不存在了。攀岩的过程只有二三十分钟,在他的感觉里,那却是一段奇妙的时间,是在其他任何场合都未体验过的特异的时间。这里只有世界存在的沉重之感和要从这沉重之感中获得相对浮力的一个攀岩者的意志。

那天早晨,天还没亮,周作就出了家门。在高速公路上行驶的过程中,繁星暗淡了下来,山的那面迅速明亮起来。在朝着明亮飞驰的同时,他感到这是在很早以前就一直期盼着的自己单独攀岩的一个机会。当然,单独攀岩这是第一次。他甚至连刈谷都没有告知。如果跟他说了,他一定会责备自己

"干傻事"。但是，周作对自己说，在做好自我保险的情况下，一个人攀登不难的路线，并不是很鲁莽的行为。

开始攀登后不久，他就强烈地感觉到他被头顶上耸立的岩壁拒绝。他想：这是不是因为刘谷不在？过了一会儿，眼前的空间变得轻快起来。这时，周作确信自己是处于一个适合自己的场所。在以厘米为单位一点一点往上爬的同时，有一种力量在驱使他不断向上。这是不能用言语准确表达的。要想赋之于语言，它就消失了；要想弄清它的形状，它就远离了。

在攀登上最初的十米之后，到达了一个小高台。他决定休息一下，就把安全带连接在保险绳上，保险绳是系在了一棵从岩壁侧面突出的松树树干上的。这是一个海拔五百米以上的攀岩场，所以，周围几乎没有妨碍视线的障碍物。越过几条溪谷，一直到很远的远方，大地开阔空荡。虽然开始攀登的地点是在没有人迹的山中，但它还是属于人间。然而，现在周作所处的地方更接近天空。他感到一种恐惧：仅仅只有自己一个人。一种明显的孤独感，这种孤独感使他确信，不管行走在这个世界的什么地方，都不可能碰到任何人。在低空的地方，白云聚集在一起，缓缓地飘动。

从这一岩块向前，是这一路线的关键部分。左手要利用紧贴在岩壁上的鳞状岩石边缘上的圆攀登点。如果再近一点儿的话，右侧岩石上还有一个更好用的攀登点。但是，他的手够不到它，只好利用它下面的攀登点过渡。不知不觉中，有一只飞虫缠上了他。他似乎要从这只令人讨厌、纠缠不断的飞虫中找到轮回再生的吉村的影子了。周作提醒自己，攀岩或许会使人更加迷信。

在攀上一块舒缓一点的岩石，探寻最后的攀登点的时候，周作发现身体比往常稍稍向左倾斜了一点。但是，即使身体稍稍倾斜一点，只要能够抓住攀登点就没有问题。然而，左手正好在两个并立的攀登点之间，想抓住其中的一个时，身体已经脱离了岩壁。

要掉！要掉！就在他想着的时候，身体已经完全处于重力作用之下。过去也经历过几次失败。一般来讲,当他"啊"感到吃惊的一刹那,身体就已经停止坠落了。但是,这次仿佛要一直坠落下去似的。紧接着的一瞬间,在强烈的冲击的同时,狠狠地摔到了什么上面。他咬紧牙关,忍着从背后一直穿透前胸的疼痛。身体高高地向上弹起,冲击力简直要让手脚分家了。想抓住点什么东西,伸出手的时候,一切东西都从手指间滑落了。

发生了非同寻常的失败,这已经是不争的事实。自己在什么地方?处于什么状态?在眩晕的感觉中,这些都不能很好地把握了,甚至都不知道自己现在是处于头朝上还是头朝下的状态。一个坚硬的东西撞击了他的肚子,极度的痛苦使周作两手在空中乱抓。然而,能够抓住的东西只有重力。他突然意识到这是一次严重的失败。大概是由于坠落的冲击,保险绳锁松开了或是断裂了。当他意识到会摔落到地面上的时候,身体又一次遭到了强烈的冲击,突然间坠落停止了。

一下子,甚至连呼吸都不可能了,身体蜷曲成虾米状，人在轻轻地喘气。就那样一动不动地待了很长时间。脑海里一片空白，无法思考任何问题。周围都是强烈的树脂味。好像是被生长在悬崖下面的松树接住才避免了一起严重的坠落事故。手腕被磕破，衬衫上渗出了血。好像是出了很多血，可是完全感觉不到疼痛，这反倒让他不安起来。

阳光透过松树树梢，几乎是垂直地照射着地面。天空中，满是耀眼的阳光。周作感觉到了吹过树梢的风的凉意。他挣扎着身体，改变了一下方向。在一个伸手能够够到的岩窝里，长着一棵类似野生堇菜的小草，小草开着一朵紫色的小花。向上攀登的时候并没有注意到它。周作又一次感到不可思议：在这样一个充满危险的地方，一个柔弱的生命挺拔地朝天空绽放着。它把这种不是为了任何人，也不属于任何人的美丽封闭在一片可爱的花瓣之中。他伸出了还在滴血的右手，用手指尖去触摸它那纤细的茎梗，就那样长时间地触摸着。

离开攀岩场已经是下午很晚了。周作用常备的急救包处理了一下伤口，用绷带包扎了出血严重的右手。然后,缓慢地顺着峡谷而下。在行走的过程中,全身都疼了起来,特别是摔到树上遭到撞击的后背让他疼得不敢深呼吸。周作捡了一根合适的枯树枝当作拐杖,慢慢地往山下走去。

在深深的溪谷底,流淌着清冽的溪水。当跨越石头过河时,他强忍疼痛,弯下腰来洗了一把脸。真痛快!这时,他发觉有个什么东西垂挂在自己的脖子上,用手一摸,知道是此前刈谷送给自己的护身符。他当时说:"把它带在身上,就绝对不会坠落。"

"哪里是这样的呢?"

咳嗽的时候,一种腹肌松弛的感觉传遍全身,他无声地笑了。

# 12

周作满身是血地回到家里,小夜子吓得马上就要给夜间开门的急诊医院打电话。他安慰她说,没有什么大事。为了证明这一点,他还洗了澡,吃了名副其实的"晚"饭。看到丈夫格外精神的样子,小夜子详细询问了事情的经过。因为已经疲惫到了极点,周作就向她毫不隐瞒地说了自己一个人上山的事情。小夜子当时并不生气,而是令人吃惊地、像是下了决心似的说:"你要是有那种打算的话,我也有我的办法。"而这时的周作连和她争论的力气都没有,就铺被睡觉了。小夜子的"办法",当夜就明确了。在孩子们都睡下后,她把与丈夫攀岩有关的所有东西——登山靴、保险绳、安全带等,全部装入一个纸箱,叫来了出租车,带着纸箱急急忙忙地离开了家。周作在被窝里一边听着妻子的动静,一边意识到:这下子,所有东西都要被扔掉了。

第二天,打电话向学校请了假,到附近的医院拍了X光片,医生给开了大量的湿敷药。手上的伤势并不严重,好像也没有骨折,总之全身都是碰撞伤,疼得动弹不得。因此,除了去看医生,就是整天躺在家里了。看准了一个小夜子情绪好的机会,在被窝里问了攀岩装备的事情,说是寄存在了一个学生时代的朋友家里了。她说:"但是,你不要想我会还给你,只是扔掉了可惜才暂时这么做的。一旦找到了合适的处理办法,我就会毫不犹豫地去付诸实施。"

小夜子这回是真的生气了,周作不知道为什么却对她生气的态度感到放心。除了最低限度的照料,小夜子不再靠近丈夫身边。取而代之的是隆太郎来到了枕边,他已经在外边玩腻了。

"爸爸是糊涂虫吧?"他没头没脑地问道。

"谁这么说的?"

"妈妈。"

"那可能是吧!"

他有点儿吃惊地盯着周作的脸,像是要搞清楚自己的父亲到底是不是糊涂虫。周作懒得搭理孩子,就躺着装睡。

到了傍晚,隆太郎又到父亲枕边来了。

"爸爸。"隆太郎用他的小手摇着爸爸的肩膀。

"什么事儿?"周作不耐烦地睁开了眼睛。

"女孩子只穿一条裤衩呀!"

"什么?"

"女孩子只穿一条裤衩呀!"隆太郎声音嘶哑地重复说道。

周作考虑了一会儿,也是声音嘶哑地回答他:"就是说不穿长裤啊?"

"哦,是的。只穿裤衩。"

"你在意吗?"

隆太郎摇了摇头。但是,看来还是没有理解。

"为什么女孩子只穿裤衩呢?"

"哎呀,为什么呢?"

"真奇怪!"

"这个嘛——"

周作闭上了眼睛装睡。隆太郎盘腿坐在他的枕边，不愿意离开，又摇晃了一下父亲的肩头。

"妈妈也是女人呀！"他像是发现重大秘密似的说。

"啊，这，我知道呀！"

"没有小鸡鸡呀！"

"是吗？"

"洗澡的时候我看到过。"

"也就是说，妈妈也只穿裤衩。"

"哦，是的。"

停了一会儿，周作说：

"隆太郎和爸爸都是穿裤子的。"

于是，孩子高兴地点了点头，好像得到了满足，不知跑到什么地方去了。

那天夜里，周作到很晚都没有睡着。好像是越想睡，睡眠就离得越远。他绝望地爬出了被窝。他想，喝酒可能有利于睡眠，可现在又没有喝酒的情绪。打开冰箱一看，里面有一瓶几年前小夜子泡的梅子酒。他就把那酒倒在一只小杯子里喝。大概是因为没有好好吃东西,喝第一口的时候,胃被酒精刺激得一阵痉挛。喝第二口的时候,一种甘甜的陶醉感很快扩散到了全身。周作像是隐隐约约观察到了妻子隐藏着的习惯,心想:小夜子一直在喝这样的东西吗?他记得,很小的时候,拉肚子时,母亲就让每个人喝一杯。在幼小的心灵里,这种黏稠的、甜甜的东西真好喝。

　　回到卧室后,小夜子和隆太郎合盖着一床被子在静静地酣睡。隆太郎蹬掉了被子,被子几乎完全不在褥子上了。他把孩子搬回被窝后,回到了自己的被窝里。无意间一看旁边,躺在夫妇中间的健二郎已经醒了,在黑暗中睁着眼睛,笨拙地活动着嘴唇,像是要不停地说话似的。周作枕着自己的胳膊,观察了一会儿二儿子。婴儿仰卧着,不时地踢蹬两只脚,朝着天花板嘟囔着什么。

　　周作拿起旁边的一个玩具,轻轻一摇,小筒里的小球发出了清脆的响声。听到这个声音,婴儿把头朝他转过来。又摇晃了一下玩具,他就动了一下脖子,好像是在说:"什么声音呢?"周作把玩具塞到了他手中。于是，婴儿就盯着这个把玩具塞到自己手中并让自己抓住的人，而不是手中的玩具。他的眼睛闪闪发亮。

一年以前，这个孩子还没有出生。他已经想不起那个时候的事情了。在出生后半年的时间里，婴儿彻底地成为家庭的一员，更准确地说，是成为周作生活的一部分。他觉得这和长期饲养的宠物融入家庭不可相提并论，他和婴儿之间的亲密感不是通过"重复"构筑起来的。周作反倒觉得，由于这种亲密感，这一辈子都能够持续与孩子的关系了。浓厚的感情来自周作的内心深处。

他又重新看了看婴儿。他感到，追溯到已经回想不起来的过去，婴儿好像一直就在那里。他觉得在与婴儿的关系中，自己被抛向了和自己绝没有关联的过去。在那存在于记忆之外的过去的阴影中，婴儿注视着周作。婴儿在那遥远的地方不断地追问着现在的他和未来的他。周作不能明确说出他是这个幼小生命的什么，而这个幼小的生命在不断地追问他自己是他的什么。

婴儿目不转睛地盯着他。突然,周作感到自己是在被观察、被选择。他觉得自己不知是被什么人选择才出现在这里的。在与婴儿的关系中,他觉得现在才对自己的存在有了深刻的认识。对于眼前的这个婴儿来说,周作不可能是自己以外的什么人。其他的任何人都不可能占据他现在所在的地方。这个地方在浩瀚的宇宙中,是唯一一个,是专门给他一个人准备的。在黑暗中注视着他的两只眼睛,无限地肯定了这一点。

周作抱起了婴儿,把左手掌放在他的脑后,以支撑他那不能挺直的脖子。婴儿仍然注视着他。他知道他是谁吗?周作是知道的。这是可以永远注视的人,是没有任何怯懦可以一直注视的人。孩子的脖子能不能挺直?会不会走?这些都是微不足道的。他想,是正常人,还是残疾人?用这样的概念去衡量这个孩子是不敬的。孩子的脸上有了一种纯粹的、确确实实的感觉。尽管是很微小的,但确实是发生了质变。这是周作难以想象的。

"喂!"他低声叫道。

婴儿皱起了眉头,一副要哭的样子。紧接着的瞬间,就像花蕾绽放一样,两个眼睛露出了笑意。周作像是得到了厚礼一样,慌忙把婴儿放回褥子上。

# 13

"为什么光躺着呢?"

隆太郎问第二天仍然不起床的父亲。

"登山累着了。"

"我也想登山。"

"登山就会变成糊涂虫啊!"

于是,隆太郎大概是想到山并不好,就说:"那就带我去海边吧!今年还一次没去过呢!"

"是吗?"

"去是去了,但没有游泳,被螃蟹夹了手指头。"

看来是在说七夕那天去放花竹环的那一次。周作觉得长子实在可怜,就跟他商量说:"那下个星期天去吧!"他攀岩受伤发生在八月的最后一个星期天,所以带着家里人到海边去,已经是九月的事情了。

一家人吃过午饭走出家门，又坐了一个多小时的电车，到了海水浴场车站。周作把装着游泳衣和浴巾等东西的大尼龙双肩背包背在肩上，牵着隆太郎的手。小夜子抱着还在睡觉的健二郎跟在后面。走了一会儿，进入了松树林。松树林里弥漫着松脂的香味，夏天放焰火用的铁桶随处可见，几个可拆卸式厕所已经拉上了禁止使用的绳索，一派过了旺季的海水浴场的样子。为了抄近路，他决定穿过树林。可能是落在沙子上的松叶进入了拖鞋，隆太郎说了一声"嘎吱嘎吱响"。听到动静，不断有虫子吓得从草丛里飞出。虫子有时会撞到脚上。每当这时，隆太郎就发出滑稽的惊叫声。

穿过松树林，就到了沙滩。虽然是星期日，可人影寥寥。海洋旅馆也几乎都关了门，好不容易找到了一家还开着门的旅馆。客人除了周作一家，只有两三拨儿，出面接待的老妇人一边在客厅里支起折叠式茶桌，一边说："明天就要关门了。"

小夜子把两块坐垫拼在一起，上面铺上浴巾，把还在睡觉的健二郎放在上面。周作领着隆太郎立即去了海边。九月的海水已经很凉,孩子不愿意下水。他指着扣在沙滩上的小船说,要坐那个。周作给店主人交了钱,租了一个小时。和隆太郎两个人把小船推到海里,握着还不习惯的船桨的时候,周作体验到了一种孩子般的兴奋。

划着桨,小船慢慢地向前驶去。渐渐远离的沙滩画出一条漂亮的弧线。沙滩的背后有不高的小山衬托,没有一丝缝隙地涂满浓浓的绿色。山的背后,白白的积雨云朝着碧蓝的天空涌起,可是并没有夏天时节的气势,从中部往上就像是浸渗的水彩一样,轮廓模糊。

"到海上来,高兴吗?"

隆太郎深深地点了点头,就像是朗读课文一样说道:"水母太慢,章鱼生气了。"

"说什么呀?"

"海上的运动会。"

"是漫画吗?"

"是的。章鱼吐出了墨汁,海里变得漆黑。"

有一张草席那么大、在纤细的茎上带着很多小豆一样浮袋的褐色海藻漂了过来。它的下面，有几十条色彩鲜艳、小手指那么大的鱼。它们悠闲地游动着，寻啃着海藻上的食物。隆太郎从船上探出身去，想捞取海藻。周作把船靠近一些，以便他能够伸手够到。但是，海藻吸足了水，其重量是孩子的力量所不能及的。于是，隆太郎就把其中一部分捞到船上来，用手捏破那上面的浮袋，一副很满足的样子。

不久，小船到了防波堤附近。周作把小船靠了上去，开始搜寻沉在海里的水泥块，海水几乎可以一望到底。

"也许在开运动会呢！"

"海上的运动会是漫画。"隆太郎惊异地看着父亲。

"知道啊！"

"开始投篮了。"

绿色的海藻附着在水泥块上，小鱼虾们忙碌地在其中穿梭。隆太郎从船上探出身去，每当看到鱼时就发出欢叫声。小船落在海面上的阴影的边缘，光线呈带状折射到水中,在一些地方形成天然的三棱镜,并折射出暗淡的光线。在光线带中,浮游在水中的微生物像小气泡一样,闪闪发光。

  周作把小船停靠在防波堤旁边,让隆太郎站到一块好落脚的水泥块上,然后把小船的船头抬到水泥块中间,以防被水冲走。

  "爸爸力气真大!"孩子佩服地说。

  "这就叫作'牛'劲。"

  "可是,并不真的是头'牛'吧!"

  "为什么?"

  "妈妈说的。"

  "是吗?"

  "我要撒尿!"

  周作抱起了隆太郎,跨过堆积成山的水泥块,走向外海。夏天过后的大海,由青变绿,由绿变蓝,广阔无垠。太阳把她那绵白糖一样的光芒洒在波浪间。在海面上,十几只海鸥乘风盘旋飞翔,不时发出凄凉的鸣叫,紧贴着海面落下掠取食物。两个人在温暖的水泥块上坐了很长时间,眺望着闪烁的大海，倾听着喧嚣的波涛声。可以看到在海鸥飞舞的更远的海面上，一艘黑色货船沿着一条直线缓慢驶向远方。

在海洋旅馆，健二郎睁开了眼睛，仰面躺着，手舞足蹈。用手抓住尼龙背包的背带，想往嘴里送，还差一点点的时候，背带被背包拉回，从手中脱落了。周作把背包挪近一点，以便他的嘴巴能够够到背包带。于是，婴儿像嚼章鱼的触腕一样，嚼起了背包带。小夜子说，已经到了要长出乳牙的时候了，可能是牙床发痒。隆太郎正在对付草莓刨冰，果汁把整个桌子弄得红红的。

"你相信神灵吗？"小夜子唐突地问道。

"不。"周作回答得很干脆。

"不信？"

他没有回答她，而是把还有半瓶奶的奶瓶递给了开始闹腾的健二郎，婴儿用两只手举着奶瓶喝了起来。

"我时常想祈祷啊！"小夜子仍然注视着健二郎，"虽然我并不相信神灵。"

"我有时候也想祈祷啊！但是，或许就是因为不知道向什么祈祷，所以才像傻瓜一样去攀岩的。"

"攀岩装备都存在朋友家里了，什么时候都可以还给你呀！"

"不，就这样挺好。"他笑着说，"暂时先放在那里好了。要是碍事，就请人家把它们处理了。"

"再也不去攀岩了吗？"妻子有点担心地问他。

"怎么说呢？"

从卷起帘子的屋檐下望去，可以看到远方逐渐暗淡下去的海面。太阳消失在海平面后，大海让人觉得无限深邃。周作想，在人生之中，还有比无限深邃的大海更加深刻的东西。当它以微小的形式突然出现时，自己就不知道自己是什么人了。那个时候，人就必须再次选择自己就是自己。所谓的"相信"，一定就是这么回事。

隆太郎仍然是手拿汤匙，一脸认真地与刨冰"搏斗"。如果有冰块掉在桌子上，就用手抓起来直接送入嘴里。他满头大汗，额前的头发紧紧地贴在额头上。

"伸出舌头看看!"周作跟长子说。

隆太郎很听话地伸出了舌头。

"红通通的呀!"

这么夸张地一说,他得意地"嘿"地一笑,冲母亲也伸了伸被果汁染红了的舌头。

周作边拿泳镜,边跟小夜子说:"找个地方吃过晚饭就回家吧!"她问隆太郎:"想吃什么?"孩子开玩笑地说:"月亮。"

"月亮是什么味道呢?"

"酸的。"

"你吃过吗?"

"吃是没吃过,是酸的。"

周作没有理会两个人的对话,一个人走到了已经昏暗下来的沙滩上。冰冷的海水清澈见底。他一边用手往前胸和肩头上撩水,一边慢慢前行。海水逐渐变深。海风一吹,冷得直起鸡皮疙瘩。走到了海水齐腰深的地方,他湿了湿头发,毅然地潜入了水中。一瞬间,寒意消散,脑袋清爽。他戴上泳镜向海中的防波堤游去。

黄昏降临了。残留在天空的仅有一点儿光线也消失在昏暗的大海中。已经看不到海底了。在说不上是青还是蓝的海水之中，周作向远方游去。途中，他停下一次，回头看了看岸上。不知不觉中，脚已经够不到海底了。海洋旅馆已经亮了灯，但看不到小夜子和孩子们的身影。他又开始游。这一次没有休息，一直游到了防波堤。

　　T字形的水泥块每一块都有两米长。周作又沿着防波堤游了一会儿。透过泳镜往水里看，可以看到小鱼和小蟹。小蟹用那扁平的脚划水，他一接近，就迅速钻入水泥块底下。从外海涌来的波浪，穿过防波堤的缝隙冲过来。每当这时，生长在水泥块上的长长的海藻就在水泥块中间穿梭，进进出出。周作入迷地听着波浪的撞击声。这是无论在城里还是在山里都不曾听到过的声音。

　　身体凉了下来，周作看准了一个好落脚的水泥块，爬上了防波堤。和之前与隆太郎来的时候一样，大海尽头是火红得令人恐怖的晚霞。那晚霞简直就像是火焰，要把世界的尽头烧尽一样。海面和天空都是通红通红的,分不清哪里是海,哪里是天。他长时间地眺望着海面的晚霞。积蓄了白天热量的水泥块,温暖着他冰冷的身体,让他心旷神怡。

过了一会儿,在左侧的海岬顶端,灯塔亮起了灯。直射的光线像骏马一样奔跑在还残留着些许红色的海面上。看到这灯光之后,周作下了防波堤。为了避免贝壳把脚划破,他小心翼翼地慢慢将身体浸入海里。水没有刚才那么凉了。他深深地吸了一口气,向岸边游去。